古陌花开
缓缓归
——经典古文细读

苗蔚霞 著

哈尔滨出版社
HARBIN PUBLISHING HOUSE

图书在版编目（CIP）数据

古陌花开缓缓归：经典古文细读 / 苗蔚霞著． —哈尔滨：哈尔滨出版社，2022.9
ISBN 978-7-5484-6661-1

Ⅰ．①古… Ⅱ．①苗… Ⅲ．①古典散文－鉴赏－中国 Ⅳ．①I207.62

中国版本图书馆CIP数据核字（2022）第152043号

书　　名：古陌花开缓缓归：经典古文细读
GUMO HUAKAI HUANHUANGUI: JINGDIAN GUWEN XIDU

作　　者：苗蔚霞　著
责任编辑：韩伟锋
封面设计：树上微出版

出版发行：哈尔滨出版社（Harbin Publishing House）
社　　址：哈尔滨市香坊区泰山路82-9号　　邮编：150090
经　　销：全国新华书店
印　　刷：武汉市籍缘印刷厂
网　　址：www.hrbcbs.com
E-mail：hrbcbs@yeah.net
编辑版权热线：（0451）87900271　87900272

开　　本：880mm×1230mm　1/32　印张：6.5　字数：133千字
版　　次：2022年9月第1版
印　　次：2022年9月第1次印刷
书　　号：ISBN 978-7-5484-6661-1
定　　价：78.00元

凡购本社图书发现印装错误，请与本社印制部联系调换。
服务热线：（0451）87900279

目 录

毛诗序 1
开诗论之先河，集儒教之大成 8
春夜宴从弟桃花园序 12
一场流传千古的青春夜宴 14
送董邵南游河北序 18
似"送"实"留"文法妙"送""留"之间意味长 21
《金石录》后序 26
半生忧乐系金石 40
《东京梦华录》序 44
华胥一梦觉，谁解其中味 50
《世说新语》序 55
珍错小品清味悠 60
《陶庵梦忆》序 65
繁华落尽，痴心不改 71
《聊斋志异》自序 74

独卧寒斋听冷雨，千载孤愤笔底来 82
《娶砧课诵图》序 88
于平淡处品深情 92
《老残游记》序 96
一寸丹心忧国运，满纸清泪哭民生 100
书山有路序为径 104
黄冈竹楼记 108
雅趣幽怀寄竹楼 112
木假山记 116
托物抒怀，寄寓深远 120
墨池记 123
缘事说理，质朴缜密 126
记孙觌事 130
聚光灯下的丑恶灵魂 132
书博鸡者事 136
民变背后的乱世相 143
柳敬亭说书 148
妙笔写奇人，说书传精神 151
醉乡记 155
逃离"醉乡"，拒绝"躺平" 158

目 录

鸣机夜课图记..162
自古贤才出母教..173
闲情记趣（有删节）......................................177
浮生多因"闲情"美..184
病梅馆记..188
民族振兴的一声呐喊....................................191
一树繁花色缤纷..194

毛诗序①

《关雎》,后妃之德也,风②之始也,所以风③天下而正夫妇也。故用之乡人焉,用之邦国焉。风,风也,教也,风以动之,教以化之。

诗者,志④之所之也,在心为志,发言为诗,情动于中而形于言,言之不足,故嗟叹之;嗟叹之不足,故永歌之;永歌之不足,不知手之舞之,足之蹈之也。

情发于声,声成文谓之音,治世之音安以乐,其政和;乱世之音怨以怒,其政乖⑤;亡国之音哀以思⑥,其民困。故正得失,动天地,感鬼神,莫近于诗。先王以是经⑦夫妇,成⑧孝敬,厚人伦,美教化,移风俗。

故诗有六义⑨焉:一曰风,二曰赋,三曰比,四曰兴,五曰雅,六曰颂,上以风化下,下以风刺上⑩,主文而谲谏⑪,言之者无罪,闻之者足以戒,故曰风。至于王道衰,礼义废,政教失,国异政,家殊俗⑫,而变风变雅⑬作矣。国史⑭明乎得失之迹,伤人伦之废,哀刑政之苛,吟咏情性,以风其上,达于事变而怀其旧俗者也。⑮故变风发乎情,止乎礼义。发乎情,民之性也;止乎礼义,先王之泽也。是以一国之事,系一人之本,谓之风;⑯言天下之事,形四方之风,谓之雅。⑰雅者,正也,言王政之所由废兴也。政有大小,故有小雅焉,有大雅焉。颂者,美盛德之形容,⑱以其成功⑲告于神明者也。是谓四始,诗之至也。⑳

然则《关雎》《麟趾》之化,王者之风,故系之周公。㉑南㉒,言化自北而南也。《鹊巢》《驺虞》之德,诸侯之风也,先王之所以教,故系之召公㉓。《周南》《召南》,正始之道,王化之基。㉔是以《关雎》乐得淑女,以配君子,忧在进贤,不淫其色;哀窈窕,思贤才,而无伤善之心焉。是《关雎》之义也。㉕

(据阮元刻《十三经注疏》本《毛诗正义》卷一)

【注释】

①汉代传《诗经》有鲁、齐、韩、毛四家。前三家为今文经学派,早立于官学,却先后亡佚。鲁人毛亨(大毛公)、赵人毛苌(小毛公)传《诗》,为"毛诗",属古文经学派。"毛诗"于汉末兴盛,取代前三家而广传于世。《毛诗序》就是为《诗》所作的序,分为大序和小序。大序为《关雎》题解之后作者所作的全部《诗经》的总的序言;小序是《诗经》三百零五篇中每一篇的序言。一般而言,《毛诗序》是指大序,大约成书于西汉,关于作者历来有争议。

②风:《国风》。《关雎》是《诗经》十五国风中的第一篇。

③风:读作"fěng",委婉地劝告。

④志:心意,情感。

⑤乖:反常,背离。

⑥思：思慕（太平盛世）。

⑦经：正道，常道。此处用作动词，意为使夫妻关系归于常道。

⑧成：培养，养成。

⑨六义：《毛诗序》因承《周礼》"六诗"说："故诗有六义焉：一曰风，二曰赋，三曰比，四曰兴，五曰雅，六曰颂。"后人普遍认为"风、雅、颂"是按音乐的不同对《诗经》的分类，"赋、比、兴"是《诗经》的表现手法。

⑩以风刺上：即用"风"这种诗歌形式来委婉含蓄地批评、劝告。

⑪主文而谲谏：郑玄注："主文，主与乐之宫商相应也。谲谏，咏歌依违，不直谏也。"主，思想内容；文，配乐的诗歌形式。此言当其"刺"时，合于宫商相应之文，并以婉约的言辞进行谏劝，而不直言君王之过失。

⑫国、家：古代"国"和"家"二字的意思不同，由于实行辖地或属地的分封制，所以天子称"天下"，诸侯称"国"，大夫称"家"。

⑬变风变雅：变风，指《邶风》以下十三国风；变雅，《大雅》中《中劳》以后的诗，《小雅》中《六月》以后的诗。变风变雅大多是西周中衰以后的作品，相当于上文所说的"乱世之音""亡国之音"。

⑭国史：这里指周王室的史官。古代学者认为《诗》三百篇是由国史采集而来。

⑮达，通晓。事变，社会动乱。旧俗，太平盛世的风俗。

⑯这句是对"风"的解释。"一国",指诸侯之国,与下文"雅"之所言的"天下"有别,表明"风"的地方性;"一人",指作诗之人。《正义》解释说:"诗人览一国之意以为己心,故一国之事系此一人使言之也。"

⑰这是对"雅"的解释。《正义》说:"诗人总天下之心,四方风俗,以为己意,而咏歌王政,故作诗道说天下之事,发见四方之风,所言者乃是天子之政,施齐正于天下,故谓之雅,以其广故也。"

⑱形容:形状容貌,指借舞蹈表现出来的情态。此句说"颂"是祭祀时赞美君王功德的诗乐。

⑲成功:指天地万物在祖先、神灵的庇护下各得其所,欣欣向荣。

⑳四始:指《国风》《小雅》《大雅》《颂》。此句意为诗的义理都包含于此了。

㉑《麟趾》:即《麟之趾》,是《国风·周南》的最后诗篇。《正义》说:"《关雎》《麟趾》之化,是王者之风,文王之所以教民也。王者必圣周公,圣人故系之周公。"意即《关雎》《麟趾》这些教化人的诗篇,是先王的风诗,所以归于周公名下。

㉒南:代指《周南》《召南》。

㉓召公:姓姬名奭(shì),封于燕,为燕国的始祖,周武王即位时与太公、周公、毕公等一起辅佐武王,《召南·甘棠》这首诗就是写召公的。

㉔正始:端正其初始之大道。王化之基:王业教化的基础。

4

㉕"哀窈窕,思贤才"意即以哀叹窈窕之女难遇难求来表达思慕贤德之才的心情。这几句是揭示《关雎》的主题。《论语·八佾》:"子曰:《关雎》乐而不淫,哀而不伤。"此处所言即本于孔子的观点。

【译文】

《关雎》,是讲后妃美德的诗,是《诗经》十五国风的起始,是用它来教化天下而矫正夫妇之道的。所以既可以用以教化乡村百姓,也可以用以教化诸侯邦国。风,就是讽喻,就是教化;用讽喻来感动、教化人们。

诗,是人表现志向所在的,在心里是志向,用语言表达出来就是诗。情感在心里被触动必然就会表达为语言,语言不足以表达,就会吁嗟叹息,吁嗟叹息不足以表达,就会长声歌咏,长声歌咏不足以表达,就会情不自禁地手舞足蹈。

情感要用声音来表达,声音成为宫、商、角、徵、羽之调,就是音乐。太平盛世的音乐安顺而欢乐,因为其时的政治平和通畅;动乱之世的音乐怨恨而愤怒,因为其时的政治乖戾残暴;亡国之时的音乐悲哀而思慕太平盛世,因为国民困顿贫穷。所以矫正政治的得失,感动天地鬼神,没有什么比诗更近于能实现这个目标。古代的君王正是以诗歌来矫正夫妻的关系,培养孝敬的行为,使人伦纲常敦厚,使教育风气淳美,使不良风俗得以改变。

所以诗有六义:一为"风";二为"赋";三为"比";四为"兴";五为"雅";六为"颂"。上面的(统治者)用

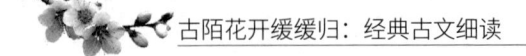

"风"来教化下面的（平民百姓），下面的（平民百姓）用"风"来讽喻上面的（统治者），用深隐的文辞作委婉的谏劝，（这样）说话的人不会获罪，听取的人足可引以为戒，这就叫"风"。至于王道衰微，礼义废弛，政教丧失，诸侯各国各行其政，老百姓家风俗各异，于是"变风""变雅"的诗就出来了。国家的史官明白政治得失的事实，为人伦关系的废弛而伤感，为刑法政治的苛刻而哀怨，于是选择诗歌吟咏抒发自己的情感，用来讽喻君上，这是明达于世上的事情（已经）变化，而又怀念旧时风俗的，所以"变风"是发于内心的情感，但并不超越礼义。发于内心的情感是人的本性；不超越礼义是先王教化的恩泽犹存。因此，如果诗是吟咏一个邦国的事，只是表现诗人一个人的内心情感的，就叫作"风"；如果诗说的是天下的事，表现的是包括四方的风俗，就叫作"雅"。"雅"，就是正的意思，说的是王政衰微兴盛的缘由。政事有小大之分，所以有的叫"小雅"，有的叫"大雅"。"颂"，就是赞美君王盛德，并将他的功德告诉祖宗神明的。（"风""小雅""大雅""颂"），这就是"四始"，是诗中最高的了。

然而，《关雎》《麟趾》的教化，原是周文王时的"风"（但"风"只讲一个邦国的事，文王后来是天子，应该管理天下四方），所以（只能）记在周公的名下。"南"，是说天子的教化自北向南。《鹊巢》《驺虞》表现的德行，本是邦国诸侯的"风"，是先文王用来教化天下的（文王后来是天子，应该管理天下四方），所以就记在召公的名下。《周南》《召南》，体现的是规范道德初始时的标准，是王道教化的基础。因此，《关雎》是赞美得到贤淑的女子，来匹配给君子的，而忧虑的是如何选拔贤才，并非贪恋女色；怜爱静雅的美女，思念贤良的人才，却没有伤风败俗的邪念。这就是《关雎》的要义。

>>> 【经典细读】

开诗论之先河，集儒教之大成

在中国诗歌理论史上，《毛诗序》具有特殊意义。它是目前我们能够见到的文学史上第一篇诗歌专论，在中国古代文学批评史上具有开创之功；它概括了先秦以来儒家对于诗歌的若干重要认识，是从先秦到西汉的儒家诗论的总结。在短短几百字中，它对诗歌的本质特征、社会作用、创作原则及表现方法等方面都做了比较系统而明晰的阐述。

一、《毛诗序》阐明了诗歌情志合一的特征及诗、乐、舞的关系

《毛诗序》继承了先秦"诗言志"的观点，并进一步阐述了诗歌抒情言志的特征。早在先秦，《尚书·尧典》就提出"诗言志"之说，而这里所说的"志"，是指与修身、治国，也就是政治、教化密切相关的志向、怀抱，属于理性的范畴。如，孔子让学生"各言尔志"的"志"即是此义。可见先秦诗论尚未认识到"情"在诗歌中的位置，而《毛诗序》则指出，"诗者志之所之也"，"情动于中而形于言"，突出了"情"与"志"的统一性，强调了诗歌抒情言志的特征。如果说"志"属于理性的社会伦理范畴,那么"情"则是感性的个性情感范畴,将个体人性的抒情作为一种标准提到理论高度,提升了诗歌的审美价值。

《毛诗序》还认为诗、乐、舞是三位一体的。"诗者,志之所之也,在心为志,发言为诗。情动于中而形于言,言之不足故嗟叹之,嗟叹之不足故永歌之,永歌之不足,不知手之舞之,足之蹈之也。"强调诗、乐、舞都起源于人们表达情与志的需求,从抒情言志的特征论述了诗、乐、舞在艺术上的统一性。

二、《毛诗序》提出了"诗教"理论,揭示了诗与社会政治的关系,强调了诗的教化作用

关于诗的社会功能,诗序指出诗有"经夫妇、成孝敬、厚人伦、美教化、移风俗"的作用,对社会生活起到调和美化的作用,由这条道路就可以达到儒家理想中的"修身、齐家、治国、平天下"的"大道"。

如何起到这样的作用?那就是通过"风",即诗歌的艺术感染。"风,风也,教也。风以动之,教以化之。"而这种社会作用又表现在两个方面:一是"上以风化下",着重强调一个"化"字,统治者借助诗的感动作用,让百姓如沐春风,潜移默化,形成良好的社会风气;二是"下以风刺上",着重强调一个"刺"字,即"主文而谲谏",不要直言指责,而要委婉含蓄,要照顾到"上"的面子,念及"上"的恩泽,"发乎情,止乎礼义",这样可以使"言之者无罪,闻之者足以戒",两全其美。这就在理论上肯定了中国古代诗歌干预现实、批判现实的优良传统，也体现了"乐而不淫，哀而不伤"的美学原则，要求诗歌要兼顾情感与理性、个性化与社会化的平衡与和谐。这种观点对中国古代艺术创作有非常重要的影响，相当于中国文化的基因，我国诗歌含蓄蕴藉的风格主要就是在这一基因中孕育而成的。

《毛诗序》还论述了诗乐与社会政治状况的密切联系。一方面，诗乐是社会政治状况的一面镜子，能反射出社会政治的风俗民情，治乱盛衰，"治世之音安以乐，其政和；乱世之音怨以怒，其民困；亡国之音哀以思，其政乖"。同时，社会治乱、民情风俗变化也会直接影响到艺术创作，导致诗乐"变风、变雅作矣"，比如西周后期，周室衰微，政治黑暗，朝纲废弛，社会动荡，出现了多篇反映丧乱、针砭时政的怨刺诗，如《大雅·民劳》，《毛诗序》以为"召穆公刺厉王也"；《魏风·硕鼠》对不劳而获、贪得无厌者进行了辛辣的讽刺；《鄘风·相鼠》中，作者甚至发出了"不死何为？""不死何俟？""胡不遄死？"的诅咒：这些就不能说是"止乎礼义"了。

三、在诗歌的体裁和表现手法方面，《毛诗序》提出了"六义"说

《毛诗序》对风、雅、颂阐述得较为具体，即"以一国之事，系一人之本，谓之风；言天下之事，形四方之风，谓之雅。雅者，正也。政有小大，故有大雅焉，有小雅焉。颂者，美盛德之形容，以其成功告于神明者也"。可见，

诗序是将风、雅、颂根据诗所产生的地域、所表现的内容情感，以及音乐的不同分类的，"风"是产生于各诸侯国的地方诗歌，也就是民歌，叙一国之事，抒一己之情；"雅"是产生于周王朝中央统治区域内的诗歌，反映社会政治；"颂"主要用于宗教祭祀和歌颂、赞美祖先、表扬功德。这是中国古代诗论关于诗歌分类的开始。

当然，作为文学史上第一篇诗歌专论，《毛诗序》有其局限偏颇之处，比如，首篇《关雎》本来是描写男女恋情的，却被作者附会成歌颂"后妃之德"，显然有悖于原诗的本义；又如，过分强调以诗刺上要"主文而谲谏"，要"发乎情，止乎礼义"，过分注重"温柔敦厚"的"中和"之美，削弱了真实情感抒发的力度；再如，在谈到"六义""四始"时，只是从为王政教化服务的角度论述，对艺术表现手法的赋、比、兴只字未提，消解了诗歌独有的审美价值。

春夜宴从弟桃花园序

(唐) 李白

　　夫天地者，万物之逆旅也①；光阴者，百代之过客也。而浮生若梦，为欢几何？古人秉烛夜游，良有以也②。况阳春召我以烟景，大块假我以文章③。会桃花之芳园，序天伦之乐事④。群季俊秀，皆为惠连；吾人咏歌，独惭康乐。⑤幽赏未已，高谈转清。开琼筵以坐花，飞羽觞而醉月⑥。不有佳咏，何伸雅怀？如诗不成，罚依金谷酒数⑦。

【注释】

①逆旅：迎客止歇，所以客舍称逆旅。逆，迎接；旅，客。

②良：确实。以：原因。《古诗十九首》其十五："昼短苦夜长，何不秉烛游。"

③大块：大地，大自然。文章：原指错杂的色彩、条纹，古代以青与赤相配合为文，赤与白相配合为章。此指各种美景。

④序：通"叙"，叙说。

⑤群季：诸弟。兄弟长幼之序，曰伯（孟）、仲、叔、季，故以季代称弟。惠连：谢惠连，南朝刘宋时的文学家，谢灵

运的族弟，跟谢灵运关系很好。康乐：即谢灵运。谢灵运为名将谢玄之后，袭封康乐公，世称"谢康乐"。

⑥羽觞：一种酒器，形如鸟雀。

⑦罚依金谷酒数：石崇在金谷园宴饮宾客时，凡不能成诗者，罚酒三杯。

【译文】

天地是万物的客舍，光阴是古往今来的过客。而人生短暂浮泛，如梦一般，能有几多欢乐？古人持烛夜游，确实是有道理的。况且温煦的春天用秀美的景色召唤我，大自然将美好的景色供我享用。（我们）相会于美丽的桃花园内，叙说兄弟团聚的快乐。诸位弟弟英俊优秀，个个好比谢惠连；而我作诗吟咏，却惭愧不如谢灵运。正怀着幽情雅趣欣赏着美景，高谈阔论又转为清言雅语。摆开筵席来坐赏名花，快快传杯醉倒在月光中。没有好诗，怎能抒发高雅的情怀？倘若有人作诗不成，就要按照当年石崇在金谷园宴客赋诗的先例，谁咏不出诗来，罚酒三杯。

>>> 【经典细读】

一场流传千古的青春夜宴

这是一篇宴集序。唐玄宗开元十五年（727年），二十七岁的李白"仗剑去国，辞亲远游"来到安陆。"酒隐安陆，蹉跎十年"（李白《秋于敬亭送从侄游庐山序》），李白在安陆娶妻生子，这里可谓是他的第二故乡。约于开元二十一年（733年）前后，"诸从弟"齐至，作者与堂弟们在春夜桃园宴饮赋诗，并作此序文。

本是一次小小的宴会，但文章起笔便不同凡响——"天地者，万物之逆旅；光阴者，百代之过客"，这就突破了"序"的一般格式写法，不去叙写宴游的时间、地点、人物和情景，而以议论开篇，放眼时空，总揽万物，观照古今，感慨人类之渺小，人生之短暂，充满了强烈的宇宙感和忧患意识。于是，《古诗十九首》中所说的"生年不满百，常怀千岁忧。昼短苦夜长，何不秉烛游"在他心中产生了强烈的共鸣，"古人之秉烛夜游，良有以也"。这就很自然巧妙地过渡到写"夜宴"。

这里引人深思的是一个"夜"字。白天不能"宴"吗？

为什么非要在夜间？白天当然要"宴"，但奈何"昼短"，未能尽兴，故不肯放弃夜的时光。这里的"宴"可以是人生一切美好快乐时光的具象，"昼"和"夜"也不仅仅是 24 小时之内转换更替的时间，更是倏忽即逝的光阴年华。既然"浮生若梦，为欢几何"，既然光阴年华如黄河之水"奔流到海不复回"，人生"朝如青丝暮成雪"，何不利用一切可利用的时光去拥抱美好追求快乐？"人生得意须尽欢，莫使金樽空对月"，这种"及时行乐"的思想固然是诗人苦闷不得志时的自我排解，但为什么不能理解为热爱生命珍惜美好的积极心态呢？王羲之在《兰亭集序》中由"乐"而"悲"，悲的不也是"修短随化，终期于尽"，而不能一直享受眼前的良辰美景赏心乐事？一个消极厌世之人会为人生短暂年华易逝而惋惜吗？当然更不会"秉烛夜游"了。

这一不同凡响的开头，将一个小小的宴会放在终极关怀的主题之下，使得这场看似平常的夜宴，承载了作者对自然人生的热爱和思考，变得丰富厚重，意趣盎然，成为千古名宴。清代文论家李扶九评价说："小小燕集，而一起却从天地万物说入，是何等胸怀！"（《古文笔法百篇》卷十四）

接下来一个"况"字，转入"夜宴"的第二个缘由——"阳春召我以烟景，大块假我以文章"，点出夜乃"春"夜，更是美好而短暂。这两句之所以成为传诵千古的名句，首先是作者以大手笔广镜头准确摄取了春景的特色："春"前着一"阳"字，顿感明丽温暖，生意盎然；"景"前着一"烟"字，朦胧中唤起人们对美好春光的无限遐想——水村山郭，千里莺啼，绿柳拂堤，桃花灼灼，明媚绚丽，气象万千。其次，这两句饱蘸了作者浓烈的感情色彩。那"阳春"仿佛有情，以如梦似幻的"烟景"召唤我；那"大块"也似有意，把绚烂多彩的"文章"献给我。透过"召""假"二字，我们仿佛看到了一个痴迷于美丽的春景而急匆匆去追寻的诗人形象，主客融合，物我为一。

接着，作者把镜头聚焦于春天傍晚的"桃李之芳园"。此时此刻，夕阳西下，暖风拂面，新柳依依，桃花如霞，梨花似雪，争奇斗艳，暗送芬芳，让人联想到"桃花流水窅然去，别有天地非人间"的美妙意境。这样美好的夜晚，已属难得；而在此良宵与分别多年的诸从弟共"序天伦之乐事"，更是弥足珍贵。正可谓"浮生若梦，为欢几何"！况且兄弟们个个风姿俊秀，才华横溢，诗文堪比谢惠连，我作为兄长也不会给兄弟们减分，要说吟诗咏歌，我却惭愧不如谢灵运。兄弟们情趣相投，却天各一方，聚少离多，这短暂的相聚是生命中最美好最快乐的时光，正如这稍纵即逝的美丽春光一样，何不趁此机会尽情享受呢？正所谓"昼短苦夜长，何不秉烛游"。于是"幽赏未已，高谈转清"。因为是夜里，又是在远离尘嚣的"桃李园"，所以是"幽赏"；眼前的美景激发了兄弟们的谈兴，于是边赏景边开怀畅谈，从眼前美景到天伦乐事，从生活琐细到诗文辞章，无拘无束，相谈甚欢。在这里，良辰美景，赏心乐事，贤主嘉宾，真可谓"四美具，二难并"！

于是，这场春夜欢宴的高潮就此到来。"开琼筵以坐花，飞羽觞而醉月。"两个六字句凝练传神地描写了宴会的欢乐盛况。"坐花"尽现浪漫惬意之境,而"醉月"极写飞扬飘逸之态,"羽觞"而曰"飞",极尽痛饮狂欢之态。痛饮不足以尽兴,就要作诗。于是以"不有佳咏,何伸雅怀"等句结束了全篇。

本文在写法上特别值得借鉴的一点就是紧扣题目,并以"夜"字贯串全文,寄意深邃。全文仅一百多字,但题目中的每一个字在文中都有体现,尤其突出了一个"夜"。对这一点,清代李扶九曾引文评价:"古人作文最会认题,如此题有一'夜'字,便不是春宴桃李园矣。劈首逆从'夜'字生波,再折到春宴桃李园,真有海阔天空、高瞻远瞩之概……写景则曰'幽赏',写月则曰'醉月',总不脱一'夜'字,是其体贴精细处。"(李扶九《古文笔法百篇》)

为什么要围绕一个"夜"字做文章?这正体现了作者的匠心巧思。清代评论家余诚说:"通篇着意在一'夜'字。开首从天地光阴迅速及人生至暂说起,见及时行乐者不妨夜游。发论极其高旷,却已紧照题中'夜宴'意,是无时不可夜宴矣。下紧以'况'字转出'春'来,而春有烟景之召,大块之假,夜宴更何容已耶?于是叙地叙人叙宴之乐,而以诗酒作结。"(《重订古文释义新编》)可见,这样更表达了李白热爱生活珍惜美好的情怀,凸显了"昼短苦夜长,何不秉烛游"的主题,正所谓"宴春夜桃李,特其寄焉耳"。(清·过珙《详订古文评注全集》)

一场平常的夜宴,因李白的这篇序文而永远定格在青春华年的相册里。

送董邵南游河北序

（唐）韩愈

燕赵①古称多感慨悲歌之士②。董生举进士，屡不得志于有司③，怀抱利器④，郁郁适兹土。吾知其必有合⑤也。董生勉乎哉！

夫以子之不遇时，苟慕义强仁者⑥，皆爱惜焉。矧⑦燕赵之士出乎其性⑧者哉！然吾尝闻风俗与化移易⑨，吾恶⑩知其今不异于古所云邪？聊以吾子之行卜⑪之也。董生勉乎哉！

吾因子有所感矣。为我吊望诸君⑫之墓，而观于其市，复有昔时屠狗者⑬乎？为我谢⑭曰："明天子在上，可以出而仕矣。"

【注释】

①燕赵：战国时两个诸侯国，此处借指河北一带。

②感慨悲歌之士：指慷慨正义、愤激不平的豪侠之士。

③有司：主管官员，这里是指礼部主管考试的官。

④利器：锐利的兵器，这里比喻杰出的才能。

⑤有合：有所遇合，指受到赏识和重用。

⑥慕义强（qiǎng）仁者：仰慕正义、力行仁道的人。强，

竭力，尽力。

⑦矧（shěn）：何况，况且。

⑧出乎其性：（仰慕正义）来自他们的本性。

⑨风俗与化移易：风俗随着教化而改变。与，跟随。易，改变。

⑩恶（wū），表反问语气，怎么。

⑪卜：古代有占卜以决疑的习惯，此处指测验、判断。

⑫望诸君：战国时燕国名将乐毅，后因政治失意，离燕至赵，赵封他为望诸君。

⑬屠狗者：以屠狗为业者，旧时指从事卑贱职业的人。《史记·刺客列传》中载："荆轲既至燕，爱燕之狗屠及善击筑者高渐离。"这里泛指隐于市井暂不得志的侠义之士。

⑭谢：告诉。《孔雀东南飞并序》："多谢后世人，戒之慎勿忘。"

【译文】

燕赵一带自古就称说多有慷慨重义、愤激不平的豪侠之士。董生参加进士考试，接连几次未被主考官录取而不得志，怀抱着杰出的才能，心情忧郁地想去燕赵地区（谋职）。我料知你此去一定会有所遇合（受到赏识）。董生努力吧！

像你这样不走运，但凡是仰慕正义、力行仁道的人都会同情爱惜你的，更何况燕赵一带豪杰之士的仰慕仁义是出自他们的本性呢！然而我曾听说风俗是随着教化而改变的，我怎么能知道那里的风气跟古时说的有什么不同呢？姑且通过你这次的前往测定一下吧。董生努力吧！

　　我因为你的这次前往而产生一些感想。请替我凭吊一下望诸君（乐毅）的墓，并且到那里的集市上去看看，还有像过去的屠狗者一类的埋没在草野的志士吗？替我向他们致意说："有圣明的天子在上面当政，可以出来做官（为国家效力）了！"

>>> 【经典细读】

似"送"实"留"文法妙
"送""留"之间意味长

在唐代诸多的赠序文中,韩愈的作品堪称典范,姚鼐在《古文辞类纂》中称其赠序文"乃得古人之意,其文冠绝前后作者"。他突破了一般赠序文只是叙友情、道别情的局限,兼议时事,述主张,抒怀抱,劝德行,拓宽了赠序文的内容,增强了赠序文的社会教化作用。这篇《送董邵南游河北序》便是其中的名篇。

此篇赠序,名为"送"而意在"留",如何以"送"之名,行"留"之实,又含而不露,不着痕迹,在短短的篇幅中含蕴更丰富的意味,是此文"奇"之所在。

全文共三段,每段最后一句都是叮嘱语气,符合赠别序的要求,但因语境不同,意味也不同。

先看第一段的"董生勉乎哉",意思是你为自己的选择努力奋斗吧!这是勉励祝福,还是善意的安慰?抑或还有别的意味?

作者起笔说"燕赵古称多感慨悲歌之士",这让我们联想到历史上那慷慨悲壮的"易水送别",想起荆轲、高渐离、廉颇、李牧、赵奢等忠勇侠义却怀才不遇之士。而董邵南也是"怀抱利器"却"屡不得志于有司"的郁郁不得志之人。韩愈对董生的"不遇时",深怀同情和理解,因为他也是"不遇"之人,叙说董生的不遇,既是表达对董生的同情怜惜,也是侧面表达对"有司"排挤人才、为丛驱雀的不满。当时朝廷仕途壅塞,而河北藩镇借此机会笼络才俊,不经朝廷审核即自行任命官员。作者以燕、赵之士暗比董生,这是对董生的理解和肯定。但若据此判断"其必有合",是非常牵强的。因为"感慨悲歌之士"出现在古之"燕赵",而非今之"河北",今之"河北"已非古之"燕赵",怎么会"必有合"呢?如果真"有合",那说明董生已不是他所欣赏的董生,因为韩愈是反对藩镇割据的,他不会相信董生"必有合",更不希望董生"有合",所以这句"董生勉乎哉"既不是祝福,更不是勉励,多半是出于善意的安慰,从下文来看,还有以退为进之意,是蓄势。

再看第二段的结句,与第一段一字不差,但意味大不相同。

第二段开头还是顺着上文的意思说,像你这样怀才不遇的人,但凡遇到崇尚仁义的人都会爱惜重用的,何况仁义出于本性的燕赵之士呢?这是进一步安抚董生的矛盾不平之心,要知道他去河北投奔藩镇也是迫于无奈,有着跟朝廷赌气的成分,如果直白地劝阻会适得其反,必须把他心中的不平之气抚平了理顺了,他才能听得进不同的意见。这样蓄足了势，下面调转话锋才有力："仁义出乎其性"，那是昔日之燕、赵之士；然而世易时移，风俗人性也随教化而改变，今天的河北还有昔日燕赵之遗风吗？

当时的实际情况是：河北三镇是整个藩镇割据的核心力量，是反抗中央、自成一统的叛乱型藩镇。藩镇擅权一个很恶劣的影响就是"风俗与化移易"，这不仅是政治制度的变易，更指"胡化"这一层，"胡化"直接导致河北三镇华夏文化的衰微。衰微到什么程度？杜牧《唐故范阳卢秀才墓志》云：秀才卢生，生年二十，不知周公、孔夫子是谁，只会击毬饮酒，骑马射兔，张口闭口都是打打杀杀。范阳是当时河北三镇之一，这样的土壤还会产生出侠肝义胆的燕赵之士吗？

韩愈知道，对于河北的这种情状，董生不会不清楚。那么自幼就沐浴在儒家文化雨露春风中的董邵南，能"有合"于这种"胡化"了的风俗文化吗？能"有合"于不忠不义的叛臣贼子吗？答案其实已在董生心中，所以韩愈可以放心大胆地说：要不你去试一试吧！所以这后一句的"董生勉乎哉！"表面上还是"送"，是叮嘱，其实是"留"，是劝诫：如果你觉得行，那你就试试吧，好自为之！但这样直白的警告杀伤力很强，没准儿他就去给你看了！而韩愈把这层意思表达得委婉平和：他用"然"字不着痕迹地过渡到现实中来，用"吾尝闻""吾恶知"含蓄而温婉地托出自己对现实的认识判断，以"聊以"等婉商的语气试探董生的想法，如春风化雨，情深意长。

话虽至此，但董生如果还是要走呢？毕竟他是因在朝廷找不到出路才去投奔藩镇的，意气用事孤注一掷的可能性也不是没有。所以还不能就此打住。

最后一段，回应开头的燕赵感慨悲歌之士。作者托付董生两件事：一是替我祭奠一下燕国大将望诸君乐毅之墓；二是你到市井中去看一看，还有没有当年与荆轲、高渐离那样的豪侠之士为友的"屠狗者"。如果有的话，就替我告诉他们，朝廷的大门永远朝他们敞开，欢迎他们入朝做官！

韩愈为什么要董生替他祭奠望诸君之墓？望诸君，即战国时期著名的燕国军事家乐毅。燕昭王筑黄金台招揽天下贤才，重用乐毅，为他提供建功立业的舞台。乐毅为报答燕王知遇之恩，辅佐燕昭王报强齐伐燕之仇，下齐七十二城。后燕惠王中齐国田单之反间计，使骑劫代乐毅为将，乐毅被迫逃奔赵国，但仍忠诚于燕国。他在《报燕王书》中说：古代的君子，和朋友断绝交往，也决不说对方的坏话；忠臣含冤离开本国，也不为自己表白。乐毅在其不遇之时，虽投奔他国，但仍不忘故国，这才是真正的燕赵慷慨之士！韩愈借乐毅事迹，暗示董生能领悟去就之义，做一个忠义之士。

文章结尾更是意味深长。韩愈让董生转告那些流落于朝廷之外隐没于藩镇市井的人才入朝出仕，一是说明真正的燕赵慨慷之士不会合于叛臣贼子；二是表明为朝廷效力才是忠义之士的正路，董生你如果到那里个能"合"，可以随时回来为天子效力，总会有机会让你施展才能的。这是给董生一个台阶，好让他给自己留有后路；还有一层更深的用意，就是忠义之士"可以出而仕"的前提是"明天子在上",而当今天子真的"明"吗?韩愈在《嗟哉董生行》中写道:"……董生劭南隐居行义于其中。刺史不能荐,天子不闻名声。爵禄不及门,门外惟有吏,日来征租更索钱……"像董生这样的德才兼备者被淹没于市井而不得施展抱负,"郁郁适兹土",这不是为丛驱雀为渊驱鱼吗?这不是天子应该反思的吗?

本段表面上还是"送",两个嘱托的前提是董生到了河北,实际上是更深层次上的"留",是用"燕赵感慨悲歌之士"的精神与灵魂去"留"董生本有的忠义之心。只要这"心"在,他即使去了也会回来的。当然,前提是天子变"明"了!

三句叮嘱,句句扣"送",其意在"留",文笔婉曲,意在言外,情味深长。清人过琪在《古文评注》卷七中评价说:"劝其往又似劝其不必往,言必有合又似恐其未必合。语意一半是爱惜邵南,一半是不满藩镇。通篇只以'风俗与化移易'句为上下过脉,而以古、今二字呼应,含蓄不露,曲尽吞吐之妙。唐文唯韩奇,此又为韩中之奇。"

《金石录》后序①

(宋) 李清照

右《金石录》三十卷者何？赵侯德父所著书也。②取上自三代，下迄五季，钟、鼎、甗、鬲、盘、匜、尊、敦之款识，丰碑大碣，显人晦士之事迹，凡见于金石刻者二千卷，皆是正讹谬，去取褒贬，上足以合圣人之道，下足以订史氏之失者，皆载之，可谓多矣。③

呜呼！自王播、元载之祸，书画与胡椒无异；长舆、元凯之病，钱癖与《传》癖何殊？④名虽不同，其惑一也。

余建中辛巳，始归赵氏。时先君作礼部员外郎，丞相时作吏部侍郎。侯年二十一，在太学作学生。赵、李族寒，素贫俭。每朔望谒告出，质衣，取半千钱，步入相国寺，市碑文果实归，相对展玩咀嚼，自谓葛天氏之民也。⑤

后二年，出仕宦，便有饭蔬衣练、穷遐方绝域、尽天下古文奇字之志。⑥日就月将⑦，渐益堆积。丞相居政府，亲旧或在馆阁，多有亡诗、逸史、鲁壁、汲冢所未见之书，遂力传写，浸觉有味，不能自已。⑧后或见古今名人书画，一代奇器，亦复脱衣市易。尝记崇宁间，有人持徐熙《牡丹图》，求钱二十万。当时虽贵家子弟，求二十万钱岂易得耶？留信宿⑨，计无所出而还之。夫妇相向惋怅者数日。

后屏居乡里十年，仰取俯拾，衣食有余。连守两郡，竭其俸入以事铅椠。⑩每获一书，即同共勘校，整集签题。得书画彝鼎，亦摩玩舒卷，指摘疵病，夜尽一烛为率⑪。故能纸札精致，字画完整，冠诸收书家⑫。余性偶强记，每饭罢，坐归来堂烹茶，指堆积书史，言某事在某书、某卷、第几页、第几行，以中否角胜负，为饮茶先后。中即举杯大笑，至茶倾覆怀中，反不得饮而起。甘心老是乡矣！故虽处忧患困穷，而志不屈。

收书既成，归来堂起书库大橱，簿甲乙⑬，置书册。如要讲读，即请钥上簿⑭，关出卷帙。或少损污，必惩责揩完涂改，不复向时之坦夷⑮也。是欲求适意，而反取憀慄。余性不耐，始谋食去重肉，衣去重采，首无明珠、翠羽之饰，室无涂金、刺绣之具。⑯遇书史百家字不刓⑰缺、本不讹谬者，辄市之，储作副本。自来家传《周易》《左氏传》，故两家者流，文字最备。于是几案罗列，枕席枕藉，意会心谋，目往神授，乐在声色狗马之上。

至靖康丙午岁，侯守淄川，闻金寇犯京师，四顾茫然，盈箱溢箧，且恋恋，且怅怅，知其必不为己物矣。建炎丁未春三月，奔太夫人丧南来。既长物不能尽载，乃先去书之重大印本者，又去画之多幅者，又去古器之无款识者，后又去书之监本者，画之平常者，器之重大者。⑱凡屡减去，尚载书十五车。至东海，连舻渡淮，又渡江，至建康。青州故第，尚锁书册什物，用屋十余间，冀望来春再备船载之。十二月，金人陷青州，凡所谓十余屋者，已皆为煨烬矣。

建炎戊申秋九月，侯起复[19]知建康府。己酉春三月罢，具舟上芜湖，入姑孰，将卜居赣水上。夏五月，至池阳。被旨[20]知湖州，过阙上殿[21]，遂驻家池阳，独赴召。六月十三日，始负担舍舟，坐岸上，葛衣岸巾，精神如虎，目光烂烂射人，望舟中告别。[22]余意甚恶，呼曰："如传闻城中缓急，奈何？"戟手遥应曰："从众。必不得已，先弃辎重，次衣被，次书册卷轴，次古器，独所谓宗器者，可自负抱，与身俱存亡，勿忘之。"[23]遂驰马去。途中奔驰，冒大暑，感疾。至行在，病痁。[24]七月末，书报卧病。余惊怛，念侯性素急，奈何病痁？或热，必服寒药，疾可忧。遂解舟下，一日夜行三百里。比至，果大服柴胡、黄芩药，疟且痢，病危在膏肓。余悲泣，仓皇不忍问后事。八月十八日，遂不起。取笔作诗，绝笔而终，殊无分香卖履之意。[25]

葬毕，余无所之。朝廷已分遣六宫，又传江当禁渡。时犹有书二万卷，金石刻二千卷，器皿茵褥，可待百客，他长物称是。[26]余又大病，仅存喘息。事势日迫。念侯有妹婿任兵部侍郎，从卫在洪州，遂遣二故吏，先部送行李往投之。冬十二月，金寇陷洪州，遂尽委弃。所谓连舻渡江之书，又散为云烟矣。独余少轻小卷轴、书帖，写本李、杜、韩、柳集，《世说》《盐铁论》，汉唐石刻副本数十轴，三代鼎鼐十数事，南唐写本书数箧，偶病中把玩，搬在卧内者，岿然独存。

上江既不可往，又虏势叵测，有弟迒任敕局删定官，遂往依之。到台，台守已遁。之剡，出陆，又弃衣被走黄岩，雇舟入海奔行朝。时驻跸[27]章安，从御舟海道之温，又之越。庚戌十二月，放散百官，遂之衢。绍兴辛亥春三月，复赴越。壬子，又赴杭。

先侯疾亟时，有张飞卿学士，携玉壶过视侯，便携去，其实珉也。不知何人传道，遂妄言有颁金之语，或传亦有密论列者。[28]余大惶怖，不敢言，亦不敢遂已，尽将家中所有铜器等物，欲赴外廷投进。到越，已移幸四明。不敢留家中，并写本书寄剡。后官军收叛卒，取去，闻尽入故李将军家。所谓岿然独存者，无虑十去五六矣。惟有书画砚墨可五七簏，更不忍置他所，常在卧榻下，手自开阖。在会稽，卜居土民钟氏舍。忽一夕，穴壁[29]负五簏去。余悲恸不已，重立赏收赎。后二日，邻人钟复皓出十八轴求赏，故知其盗不远矣。万计求之，其余遂牢不可出。今知尽为吴说运使贱价得之。所谓岿然独存者，乃十去其七八。所有一二残零不成部帙书册，三数种平平书帖，犹复爱惜如护头目，何愚也耶！

今日忽阅此书，如见故人。因忆侯在东莱静治堂，装卷初就，芸签缥带，束十卷作一帙。[30]每日晚吏散，辄校勘二卷，题跋一卷。此二千卷，有题跋者五百二卷耳。今手泽如新，而墓木已拱，悲夫！

昔萧绎江陵陷没，不惜国亡而毁裂书画；杨广江都倾覆，不悲身死而复取图书。[31]岂人性之所著，死生不能忘之欤？或者天意以余菲薄，不足以享此尤物耶？抑亦死者有知，犹斤斤爱惜，不肯留在人间耶？[32]何得之艰而失之易也？

呜呼，余自少陆机作赋之二年，至过蘧瑗知非之两岁，三十四年之间，忧患得失，何其多矣[33]！然有有必有无，有聚必有散，乃理之常。人亡弓，人得之，又胡足道[34]！所以区区记其终始者，亦欲为后世好古博雅者之戒云[35]。

绍绍兴二年玄黓岁壮月朔甲寅，易安室题[36]。

【注释】

①这是李清照为其丈夫赵明诚所著《金石录》一书所写的后序。《金石录》是赵明诚所编的一部记录古代钟鼎彝器铭文款识和碑铭墓志等金石文字的著作，因赵明诚生前已写了书的序文，列于书首，李清照又作了这篇"序"，附于书后，故称"后序"（即跋）。

②右：以上，后序在书末故云。赵侯德父：唐时以州、府长官称侯，赵明诚曾任莱州、淄州、建康府及湖州长官；德父，赵明诚之字。

③三代：夏、商、周。五季：即五代后梁、后唐、后晋、后汉、后周。钟、鼎、甗（yǎn）、鬲（lì）、盘、匜（yí）、尊、敦（duì），俱为古代铜器，多刻有文字。款识（zhì）：铭刻在金石器物上的文字。丰碑大碣（jié）：古以长方形刻石为碑，圆形刻石为碣。丰：大。晦士：犹隐士。是正：订正。

④王播、元载之祸：清人何焯校改为王涯。王涯，唐文宗时人，酷爱收藏，甘露之变时为宦官所杀，所藏书画，尽弃于道；元载，唐代宗时宰相，为官贪横，好聚敛，后获罪赐死抄没其家产时，仅胡椒即有八百石。长舆、元凯之病：《晋书·杜预传》："预常称（王）济有马癖，（和）峤有钱癖。

武帝闻之，谓预曰：'卿有何癖？'对曰：'臣有《左传》癖。'"和峤，字长舆；杜预，字元凯。

⑤朔望谒告：旧历初一十五例行休假。质：典当。葛天氏：传说中远古时代的帝王，其时民风淳朴，百姓安居乐业。

⑥饭蔬衣练，吃穿简单随意。蔬，蔬菜。练，粗帛。遐方绝域：远方荒僻之地。

⑦日就月将：日积月累。

⑧亡诗、逸史：《诗经》以外的周诗和正史以外的史书，泛指散失的历史文化资料。鲁壁、汲冢：孔子故宅和汲郡的古墓，在鲁壁中曾发现古文经书，在河南的汲冢曾出土古文竹书，比喻罕见的文物古籍。

⑨信宿，毛传："再宿曰信；宿，犹处也。"即连宿两夜，也指两夜。

⑩屏居：退职闲居。仰取俯拾，指用多种方法谋生。铅椠（qiàn）：古代制版写字工具，这里指校订工作。

⑪为率（lǜ）：作为限度。

⑫冠诸收书家：为收藏家之冠。

⑬簿甲乙：分类登记。

⑭请钥上簿：取出钥匙，登记上本。

⑮关出：检出。坦夷：随意无所谓的样子。

⑯不耐：无能，缺乏持家的本事。重肉：两样以上的荤菜。重采：多种颜色的华美衣服。

⑰刓（wán）缺：缺落。

⑱长（zhǎng）物：多余之物。监本：五代以来国子监刻

印的版本，当时是通行本。

⑲起复：居丧未满期而被任用。

⑳被旨：接到皇上指令。

㉑过阙上殿：指朝见皇帝。

㉒葛衣岸巾：形容态度洒脱或衣着简率不拘。葛衣，用葛布制成的夏衣。岸巾，掀起头巾，露出前额。

㉓意甚恶：情绪很不好。缓急：偏义复词，指危急。偏义复词是指一个复音词由两个意义相关或相反的语素构成，只取其中一个语素的意义。教材中的偏义复词还有：《短歌行》的"契阔"，"契"是投合，"阔"是疏远，这里偏用"契"义；《鸿门宴》"备他盗之出入与非常也"中"出入"偏指"入"。偏指哪一方要根据具体语境判断。

㉔行在：皇帝出外居留之所，此指建康。痁（shān）：疟疾。

㉕分香卖履（lǚ）：指就家事留遗嘱。曹操《遗令》："余香可分与诸夫人，不命祭。诸舍中无所为，学作履组卖也。"比喻人临死念念不忘妻儿，此处指赵明诚临终对妻子未做琐事叮嘱。

㉖茵褥：枕席、被子之类。他长物称是：其余用物与此数相当。

㉗驻跸（bì）：指皇帝出行，沿途暂住。

㉘颁金：指将玉壶赠给金人。密论列，秘密举报。

㉙穴壁：在墙上打洞。

㉚芸签缥（piāo）带：插以芸签，束以缥带。芸签：用

芸草制成的书签；缥带：用来束扎卷轴的淡青色的丝带。

㉛萧绎（梁元帝）西魏伐梁，江陵陷没，他"聚图书十余万卷尽烧之"；杨广死后显灵将生前所珍爱的书卷尽数据为己有。

㉜著（zhuó）：执着，系念。菲薄：指命薄。尤物：特异之物。

㉝少陆机作赋之二年：杜甫《醉歌行》："陆机二十作文赋。"指十八岁。过蘧（qú）瑗知非之两岁：《淮南子·原道训》："蘧伯玉年五十而知四十九年之非。"指五十二岁。

㉞"人亡弓"句：《孔子家语·好生》："楚王出游，亡弓。左右请求之。王曰：'止。楚人失之，楚人得之，又何求焉？'"孔子闻之曰："惜乎其不大也。亦曰'人遗弓，人得之'而已，何必楚也！"

㉟区区：自称的谦辞。

㊱"绍兴"句：绍兴二年，即1132年。玄黓（yì），《尔雅·释天》："太岁在壬曰'玄黓'。"绍兴二年适为壬子年。壮月：八月。按，此署年或有误。易安室，李清照的书斋名。

【译文】

前面的《金石录》三十多卷是什么呢？是先夫郡侯赵德甫所撰的书。内容上至自夏、商、周，下至五代末年，凡是铸在钟、鼎、甗、鬲、盘、匜、尊、敦上的铭记，以及刻在长方形石碑和圆形碑上的名人和隐士的事迹，凡是刻在这些金石之物上的文字共计二千卷，赵侯全都校正了谬误，进行了汰选和品评，所有那些上足以符合圣人所讲的道德标准，下足以帮助史官修订失误的金石文字，这里都记载了，可以称得上内容丰富了！

呜呼！自从唐代的王播与元载遭到杀身之祸以后，收藏书画跟聚敛胡椒没有什么不同；而和峤、杜预癖好，俗气的钱癖和高雅的《左传》癖有什么区别？名声虽不相同，但痴迷其中都是一样的。

我在建中辛巳那年嫁到赵家。当时先父是礼部员外郎，明诚的父亲是礼部侍郎。赵侯二十一岁，正在太学当学生。赵、李两家本是寒门，向来清贫俭朴。每月初一、十五，太学放假，赵侯就出去把衣服押在当铺，取五百铜钱，步行到大相国寺，购买碑文和果实。我们面对面坐着，对碑文反复玩赏研究，自认为像远古葛天氏的臣民那样自由和快乐。

两年以后，明诚出仕做官，便立下宁可吃粗茶淡饭、穿布衣，也要走遍天涯海角，搜尽天下古文奇字的志愿。日积月累，搜集的碑文也越积越多。因为赵明诚的父亲在政府工作，亲戚和故友有在秘书省掌管国家图书和编修史志的，常常可以看到像《诗经》以外的佚诗、正史以外的逸史，以及鲁壁、汲冢所未见的珍稀图书。于是他就尽力抄写，沉浸其中，渐渐感到趣味无穷，不能自已。从那以后如果看到古今名人的书画和夏、商、周三代的奇器，也还是脱下衣服去当了也要把它买下来。曾记得崇宁年间，有一个人拿来一幅徐熙所画的《牡丹图》，要价二十万钱。当时即使是富贵人家的子弟，要筹备二十万铜钱，谈何容易啊！我们把画留了两夜，仍无法筹到钱，只好还给了卖家。夫妇相对，为此惋惜惆怅了好几天。

后来因明诚罢官，我们回青州故乡闲居了十年，自给自足，衣食无忧。明诚复官后又接连做了两郡太守，竭尽全部俸禄，从事典籍的校勘刻写。每得一本书，我们就一起校勘，整理成集，题写标签。得到书画和彝鼎古玩，也摩挲把玩，舒展或卷缩，指出其中的瑕疵和毛病。每次等到蜡烛烧完才去睡觉。因此所收藏的古籍书画，纸张精美细致，字迹画幅完整，超过许多收藏家。我天性博闻强记，每次吃完饭，和明诚坐在归来堂上烹茶，指着堆积的书史，说某一典故出在某书某卷第几页第几行，二人以猜中与否来定胜负，然后以胜负作为饮茶的先后。猜中了的便举杯大笑，常常把茶不小心倒在胸前衣襟上，反而饮不到一口。真愿意这样过一辈子！所以虽然生活不是很富裕，但志趣从没有被忘记。

收集的书籍文物达到了要求，就在归来堂中建起书库大橱，把书籍文物分类登记，中间放上书册。如需讲读，就拿来钥匙开橱，在簿子上登记，然后取出所要的书籍。如果谁把书籍文物损坏或弄脏了一点儿，定要责令此人揩干净涂改正确，不再像以前那样随随便便。这样本想求得舒心反而心生不安。我实在忍耐不住，就想办法不吃两样荤菜，不穿多种艳丽的华美衣裳，头上没有明珠翡翠的首饰，室内没有镀金刺绣的家具。节省下来的钱遇到想要的书籍，只要字不残缺、版本正规，就马上买下，储存起来作为副本。以前家传的《周易》和《左传》，原有两个版本源流，文字最为完备。

于是罗列在几案上，堆积在枕席间，我们意会心谋，目往神授，这种乐趣远远超过那些追逐歌舞女色、斗狗走马的低级趣味。

到了钦宗靖康元年，明诚做了淄州知州，听说金军进犯京师汴梁，四顾茫然，面对满箱满笼的书籍，既恋恋不舍，又怅惘不已，心知这些东西必将不为己有了。高宗建炎元年三月间，太夫人死于建康，明诚南下奔丧。既然物品不能全部载去，便先把书籍中重而且大的印本去掉，又把藏画中重复的几幅去掉，再把古器中没有款识的去掉，后来又去掉书籍中的国子监刻本、画卷中的平平之作及古器中又重又大的几件。经多次削减，还是装了十五车书籍。到了海州，雇了好几艘船渡过淮河，又渡过长江，到达建康。这时青州老家，还锁着书册什物，占用了十多间房屋，希望来春再备船把它装走。到了十二月，金兵攻下青州，这十几屋东西，一下子化为灰烬了。

高宗建炎二年秋九月，明诚居丧未满便被任命为建康府知府，三年春三月罢官，搭船上芜湖。到了当涂，打算在赣江一带找个住处。夏五月，到池阳，接到皇帝的指令被任命为湖州知州，需上殿朝见。于是我们把家暂时安置在池阳，他一人奉旨入朝。六月十三日，开始挑起行李，舍舟登岸。他穿着一身夏布衣服，翻起覆在前额的头巾，坐在岸上，精神如虎，明亮的目光炯炯逼人，向船上的我告别。此刻我的情绪很不好，大喊道："如果城里局势紧急，怎么办呀？"他伸出两根手指，远远地答应道："跟随众人吧。实在万不得已，先丢掉包裹箱笼,再丢掉衣服被褥,再丢掉书册卷轴,再丢掉古董,只是那些宗庙祭器和礼乐之器,必须背着抱着,与自身共存亡,别忘了!"说罢策马而去。一路上不停地奔驰,冒着炎暑,感染成疾。到达皇帝驻跸的建康,患了疟疾。七月底,有信到家,说是病倒了。我又惊又怕,想到明诚向来性子急,无奈生了疟疾,有时发烧起来,他一定会服凉药,病就令人担忧了。于是我乘船东下,一昼夜赶了三百里。到达以后,方知他果然服了大量的柴胡、黄芩等凉药,疟疾加上痢疾,病入膏肓,危在旦夕。我不禁悲伤地流泪,不忍心问及后事。八月十八日,他便不再起来,取笔作诗,绝笔而终,此外更没有"分香卖屦"之类的遗嘱。

把他安葬完毕,我不知到哪里去。建炎三年七月,皇上把后宫的嫔妃全部分散出去,又听说长江就要禁渡。当时家里还有书二万卷,金石刻二千卷。所有的器皿、被褥,可以供百人所用;其他物品,数量与此相当。我又生了一场大病,只剩下一口气。时局越来越紧张,想到明诚有个做兵部侍郎的妹婿,此刻正在南昌当后宫的护卫。我马上派两个老管家,先将行李分批送到他那里去。谁知到了冬十二月,金人又攻下南昌,于是这些东西便全数失去。所有一艘接着一艘运过长江的书籍,又像云烟一般消失了,只剩下少数分量轻、体积小的卷轴书帖,以及写本李白、杜甫、韩愈、柳宗元的诗文集,《世说新语》《盐铁论》,汉、唐石刻副本数十轴,三代鼎鼐十几件,南唐写本书几箱。偶尔病中欣赏,把它们搬到卧室之内,这些可谓岿然独存的了。

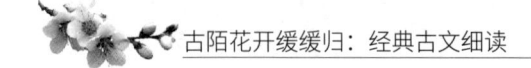

长江上游既不能去，加之敌人的动态难以预料，我有个兄弟叫李远，在朝任敕局删定官，便去投靠他。我赶到台州，台州太守已经逃走；回头到剡县，出睦州，又丢掉衣被急奔黄岩，雇船入海追随出行中的朝廷。这时高宗皇帝正驻跸在台州的章安镇。于是我跟随御舟从海道往温州，又往越州。建炎四年十二月，皇上有旨命郎官以下官吏分散出去，我就到了衢州。绍兴元年春三月，复赴越州；二年，又到杭州。

　　先夫病重时，有一个叫张飞卿的学士，带着玉壶来看望他，随即携去，其实那是用一块形状似玉的美石雕成的。不知是谁传出去，于是便有人谣传我们把藏物分赐金人，还传说有人暗中上表，进行检举和弹劾。事涉通敌之嫌，我非常惶惧恐怖，不敢讲话，也不敢就此算了，把家里所有的青铜器等古物全部拿出来，准备向掌管国家符宝的外庭投进。我赶到越州，皇上已驾幸四明。我不敢把东西留在身边，连写本书一起寄放在剡县。后来官军搜捕叛逃的士兵时把它取去，听说全部归入前李将军家中。所谓"岿然独存"的东西，无疑又去掉十分之五六了。唯有书画砚墨，还剩下五六筐，再也舍不得放在别处，常常藏在床榻下，亲自保管。在越州时，我借居在当地居民钟氏家里。冷不防一天夜里，有人掘壁洞背了五筐去。我伤心极了，决心重金悬赏收赎回来。过了两天，邻人钟复皓拿出十八轴书画来求赏，因此知道那盗贼离我不远了。我千方百计求他，其余的东西再也不肯拿出来。今天我才知道被福建转运判官吴说贱价买去了。所谓"岿然独存"的东西，这时已去掉十分之七八。剩下一两件残余零碎的，有不成部帙的书册三五种。平平常常的书帖，我还像保护头脑和眼珠一样爱惜它，多么愚蠢呀！

今天无意之中翻阅这本《金石录》，好像见到了死去的亲人。因此又想起明诚在莱州静治堂上，把它刚刚装订成册，插以芸签，束以缥带，每十卷作一帙。每天晚上属吏散了，他便校勘两卷，题跋一卷。这二千卷中，有题跋的就有五百零二卷啊。如今他的手迹还像新的一样，可是墓前的树木已能两手合抱了。悲伤啊！

从前梁元帝萧绎在都城江陵陷落的时候，他不去痛惜国家的灭亡，而去焚毁十四万册图书；隋炀帝杨广在江都遭到覆灭，不以身死为可悲，反而在死后把唐人载去的图书重新夺回来。难道人性之所专注的东西，能够超越生死而念念不忘吗？或者天意认为我资质菲薄，不足以享有这些珍奇的物件吗？抑或明诚死而有知，对这些东西犹斤斤爱惜，不肯留在人间吗？为什么得来非常艰难而失去又是如此容易啊！

唉！陆机二十作《文赋》，我在比他小两岁的时候嫁到赵家；蘧瑗行年五十而知四十九岁之非，如今我已比他大两岁：在这三十四年之间，忧患得失，何其多啊！然而有有必有无，有聚必有散，这是人间的常理。有人丢了弓，总有人得到弓，又何必计较。因此我以区区之心记述这本书的始末，也想为后世好古博雅之士留下一点儿鉴戒。

绍兴二年，太岁在壬，八月初一甲寅，易安室题。

>>> 【经典细读】

半生忧乐系金石

你可以不了解赵明诚的《金石录》，但不能不读李清照的《〈金石录〉后序》。因为它不只是一篇就书论书的序文，更是一篇具有很高文学价值的传记散文，如果说以前你了解的关于李清照的故事都是别人转述的，那么现在打开它，听我们的女词人穿越千年的时空，以她那细腻深婉的文笔亲自讲述她那凄恻动人的故事。

故事围绕着李清照夫妇所收藏的金石文物的得与失展开。

从嫁给赵明诚开始，直至《后序》写成之日，前后经历了三十四个春秋。此时赵明诚已亡六载，李清照又遭国破家亡之不幸，睹物思人，百感交集，情不自禁，写下了这篇著名的"序言"。

说是"序"，但作者无意于就书论书，寥寥几笔讲述了书的卷数、取材及内容后，就匆匆打住，笔锋一转，一声长叹："呜呼！自王播、元载之祸，书画与胡椒无异；长舆、元凯之病，钱癖与《传》癖何殊？名虽不同，其惑一也。"一个"惑"字,意味深长,可谓"未成曲调先有情"。

他们曾因"惑"而乐。那是婚后的前十年,经济还未独立时,他们每逢假日便去相国寺"赶集",为"市碑文",竟然典当衣服,归来展玩咀嚼,不亦乐乎;后赵明诚出仕有了俸禄,他们宁愿粗茶淡饭,粗衣粗裳,也要收尽"天下古文奇字";遇到罕见的文物资料,有时甚至"脱衣市易",沉迷其中,"不能自已";明成因父丧去官,屏居乡里,他们不以为苦,反以为福,把全部财力精力投入其中,一起勘校整理,一起"摩玩舒卷,指摘疵病",乐在其中;为买副本以备正本缺失污损之需,我们的女词人"食去重肉,衣去重采,首无明珠、翠羽之饰,室无涂金、刺绣之具",而"乐在声色狗马之上";他们于原本烦琐枯燥的工作中创造了自己的"游戏",赌书决胜负,"中即举杯大笑,至茶倾覆怀中",得意顽憨之态可掬,闺中之乐,莫过于此!

他们因"惑"而忧。《牡丹图》近在眼前而无钱购买,"夫妇相向惋怅者数日";珍藏文物稍有污损,便惶惶"不复向时之坦夷"。如果说此等小插曲只是左右着他们的心情,那么金兵南下攻陷汴京之后,他们与金石文物的关系就是同生死、共命运了。南渡时望着"盈箱溢篋"的文物"且恋恋,且怅怅",忍痛割爱后"尚载书十五车",一路的艰辛劳顿惶恐担忧可想而知。青州十余屋"已皆为煨烬矣",寥寥数字饱含了无限痛惜!赵明诚赴建康上任,临行竟嘱咐自己挚爱的妻子"独所谓宗器者,可自负抱,与身俱存亡",决绝的背后又是怎样的肝肠寸断!如果不是"惑"于金石文物,如

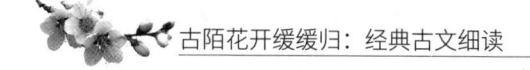

果不留妻子护送十余车的文物，而是让她一路陪伴自己，他可能不会染病，更不会服错药以致搭上自己的性命！我们的女词人叙述至此，心情又是怎样的痛苦复杂！

国破家亡后，辗转漂泊中，寄人篱下时，文物成为李清照孤苦生活中唯一的精神慰藉。"偶病中把玩，搬在卧内"，每次的丢失损毁，都让她痛心不已："连舻渡江之书"，在战火中散为云烟；"岿然独存者"，先是被官吏掠夺，"十去五六矣"，后被盗贼偷盗"十去其七八"；仅剩"一二残零不成部帙书册，三数种平平书帖，犹复爱惜如护头目"。作者在讲述这些时，仿佛在历数与亲人失散的经过。

"赌书消得泼茶香，当时只道是寻常。"而今，打开丈夫亲自编订的《金石录》，"手泽如新"，而丈夫已是"墓木已拱"；往事历历，而文物已散失几无！世事沧桑，物是人非，提笔写序，怎不叫人"欲语泪先流"？

"不识庐山真面目，只缘身在此山中。"涉过漫长曲折的三十四个春秋，站在岁月之河的彼岸，原来因沉迷金石事业而经历过的甘苦忧乐，李清照都归结于一个"惑"字。一个"惑"字，意有千结。或许有自嘲？自嘲夫妇俩痴迷于金石收藏而终身为其所累；或许有自慰？自慰夫妇俩因相同的爱好而度过了一段琴瑟和鸣的美好时光；或许有痛惜？痛惜丈夫病死途中或许与他们视金石重于生命有关；又或许有省悟？悟到自己三十四年间的患得患失过于痴愚，悟出世间万物"有有必有无，有聚必有散"的常理；该不会还有愤激不平？为自己和丈夫痴心忠诚无人能解反遭诬陷而不平……

一个人的忧乐观，很大程度上反映出其品位的雅俗、境界的高低。孔子说君子"忧道不忧贫""谋道不谋食"；颜回箪食瓢饮，身处陋巷，曲肱而枕，不改其乐：师徒俩的忧乐都系于"道"——仁义之道，这是圣贤的忧乐。苏轼"宁可食无肉，不可居无竹"，林和靖"梅妻鹤子"，李清照夫妇以金石文物为命，这是高洁士子的忧乐。无论是圣贤还是雅士，其追求的都是超越于物质功利之外的精神世界，其忧乐都系于所求之"道"，而"富贵于吾若浮云"。

　　一个人的忧乐观如果超越了个人物质名利的羁绊，合于正道，那么他就是"一个高尚的人，一个纯粹的人，一个脱离了低级趣味的人"。正因如此，李清照穿越千年成为后人心目中的不朽美神！

《东京梦华录》序

(宋) 孟元老

仆①从先人②宦游南北，崇宁癸未到京师，卜居③于州西金梁桥西夹道之南。渐次长立，正当辇毂之下④，太平日久，人物繁阜⑤。垂髫⑥之童，但习鼓舞；斑白之老，不识干戈。时节相次⑦，各有观赏。灯宵月夕，雪际花时，乞巧登高，教池游苑⑧。举目则青楼画阁，绣户珠帘，雕车竞驻于天街⑨，宝马争驰于御路。金翠耀目，罗绮飘香。新声⑩巧笑⑪于柳陌花衢⑫，按管调弦于茶坊酒肆。八荒争凑，万国咸通。集四海之珍奇，皆归市易⑬；会寰区之异味，悉在庖厨。花光满路，何限春游；箫鼓喧空，几家夜宴。伎巧⑭则惊人耳目，侈奢则长人精神。瞻天表⑮则元夕教池，拜郊孟享⑯。频观公主下降⑰，皇子纳妃。修造则创建明堂⑱，冶铸则立成鼎鼐⑲。观妓籍⑳则府曹衙罢㉑，内省宴回㉒；看变化㉓则举子唱名㉔，武人换授㉕。仆数十年烂赏叠游㉖，莫知厌足。

一旦㉗兵火，靖康丙午之明年，出京南来，避地江左㉘，情绪牢落㉙，渐入桑榆㉚。暗想当年，节物风流㉛，人情和美，但成怅恨。近与亲戚会面，谈及曩昔，后生往往妄生不然。仆恐浸久，论其风俗者，失于事实，诚为可惜。谨省记㉜编次成集，庶几㉝开卷得睹当时之盛。古人有梦游华胥之国㉞，其乐无涯者，仆今追念，回首怅然，岂非华胥之梦觉哉？目㉟之曰《梦华录》。然以京师之浩穰㊱，及有未尝经从处，得之于人，不无遗阙。倘遇乡党㊲宿德㊳，补缀周备，不胜幸甚。此录语言鄙俚，不以文饰者，盖欲上下通晓尔，观者幸详焉。

绍兴丁卯岁除日㊴，幽兰居士孟元老序。

【注释】

①仆：谦辞，我。

②先人：亡父，作者著文时其父已去世，事后追忆，故云。

③卜居：古人用占卜选择居所，这里泛指择地定居。

④辇毂（niǎn gǔ）之下：代指京师地区。辇毂，皇帝的车舆。

⑤人物繁阜：人口财物繁盛丰富。

⑥垂髫：古时儿童不束发，头发下垂，借指儿童或童年时期。髫：儿童垂下的头发。

⑦相次：相继，一个接一个。

⑧教池游苑：指金明池、琼林苑的春季游赏活动。

⑨天街：京城中皇帝巡行的街道，也称"御街"。

⑩新声：新作的乐曲。

⑪巧笑：美好的笑容。

⑫柳陌花衢（qú）：指妓院聚集之所，同"花街柳巷"。

⑬市易：买卖交易。

⑭伎（ji）巧：精美奇巧的工艺品。

⑮天表：皇帝的容貌。

⑯拜郊孟享：到郊外祭坛祭拜天地。帝王宗庙祭礼于每年的"四孟"（孟春孟夏孟秋孟冬）举行。

⑰下降：即公主出嫁。

⑱明堂：古代帝王宣明政教的地方，朝会、祭祀、庆赏等大典均在此举行。

⑲鼎：三足的金属容器；鼐，大鼎。

⑳妓籍：指入乐籍的歌舞女艺伎。

㉑府曹衙罢：指各个政府部门的官员办公完毕。

㉒内省宴回：宫中宴散而回。

㉓变化：指地位、身份的改变。

㉔举子唱名：举子中进士殿试后，皇帝呼名召见登第进士。

㉕换授：酌其才能调任官职。

㉖烂赏叠游：随意观赏，不停游玩。

㉗一旦：一天之间，形容事发突然。

㉘避地：迁地以避灾祸；江左：即长江下游以东地区。

㉙牢落：孤寂，无所寄托。

㉚桑榆：日落时光照桑榆树端，故以桑榆喻日暮，又喻晚年。

㉛节物：各个季节的美好景色；风流：风韵美好动人。

㉜省（xǐng）记：记忆，回忆。

㉝庶几：希望。

㉞华胥(xū)之国：传说中的仙国，据说黄帝曾梦游此地。《列子·黄帝》："(黄帝)昼寝而梦，游于华胥之国……其国无师长，自然而已；其民无嗜欲，自然而已……黄帝既寤，怡然自得。"后用以指理想的安乐和平之境，或作梦境的代称。

㉟目：命题目。

㊱浩穰(ráng)：宽广繁华。

㊲乡党：乡、党均为古代基层行政单位，此犹言乡里。

㊳宿德：年高有德者。

㊴除日：农历十二月最后一日。

【译文】

我小时候跟着在外地做官的父亲周游于南北各地，于徽宗崇宁二年（1103年）来到了京都，住在城西的金梁桥西边夹道的南侧。我逐渐长大成人，正赶上生活在天子脚下。太平盛世很长时间了，京城里人口密集，物业繁华。垂着童发的小孩儿，只知道学习击鼓跳舞；两鬓花白的老人，不识兵器。四时节日一个接着一个，我得以观赏到各种好景。华灯齐放的元宵，月光皎洁的中秋之夜，瑞雪飘飞之际，百花盛开之时，或者是七夕的乞巧，或者是重九的登高，或者是金明池的禁军操练，或者是琼林苑的皇上游幸，放眼所见，到处是青楼画阁，绣户珠帘。雕饰华丽的轿车争相停靠在京城的街旁，名贵矫健的骏马纵情奔驰在御街上，镶金叠翠耀人眼目，罗袖绮裳飘送芳香。新歌的旋律与美人的笑语，回荡在柳荫道上与花街巷口；箫管之音与琴弦之调，弹奏于茶坊雅聚与酒楼盛宴。八方荒远之人都往京都会集，世界各国的使者都和宋朝往来。调集了四海的珍品奇货，都到京城的集市上进行贸易；荟萃齐九州的美味佳肴，都在京城的宴席上供人享受。花光铺满道路，百姓随意游览；箫歌鼓乐响彻长空，几家正开夜宴。精湛的技艺表演使人耳目一新，奢侈的生活使人精神放松。想观瞻到皇上天颜，就趁元宵节观灯、金明池观射、郊坛祭天的时候。而且还能够多次看到公主出嫁、皇子纳妃的盛大典礼。建筑成就是创建了明堂，冶铸伟绩是制成了九鼎。要看入了乐籍的妓女，就等到各位官员在政府办公完毕回家，或从宫中赴宴归来；要看人之境遇的瞬间变化，就看新科进士被皇帝呼名召见，武将酌其才能调任官职。我在几十年当中纵情观赏，不停地游玩，从来没有感到满足。

不料忽然间战火燃起，宋钦宗靖康元年的第二年，我离开汴京来到了南方，因躲避战乱而住在江左，情绪郁闷而低落，年岁又逐渐进入老年晚景。暗想当年在汴京城里的生活，每逢佳节风物景色美妙动人，人情风俗和谐美好，如今都已化成惆怅遗憾。最近同亲戚会面的时候，谈到往昔汴京城里的繁华景象，年轻后生们总是妄加怀疑，不以为然。我担心天长日久，人们再谈起那时的风俗，更会失去事实原貌，那就实在太可惜了。因此，我非常慎重地把我的记忆写下来，编订次序，撰成此集，希望览者打开此书就能够看到（了解）当年的盛况。古代传说有梦游华胥之国、其乐无涯之人，我如今追思往事，回忆起来怅然伤怀，这难道不是和华胥之梦刚刚醒来的情形一样吗？因此我把这本书命名为《梦华录》。但是，因为汴京城太繁华了，再加上还有那些我没有亲身经历的事件或者没有去过的地方，靠听别人讲述来记录，这就难免有遗漏或欠缺。如果遇着故都德高望重之人，对此书予以补充使它更加完备，那真是不胜欣慰。这本《梦华录》语言通俗浅显，不刻意进行雕琢修饰，其原因是想使文人学士和普通百姓都能看懂而已，希望读者能理解这一点。

宋高宗绍兴十七年（1147年），岁在丁卯，大年除夕之日，幽兰居士孟元老序。

>>> 【经典细读】

华胥一梦觉，谁解其中味

宋钦宗靖康二年（1127年），金兵铁骑长驱中原，直捣汴京（今河南开封），掳掠徽、钦二帝及太妃、太子、宗室三千人，带走内侍、伎艺、工匠及平民十万多人，北宋积累百余年的珍贵文物和府库财物也被抢掠一空。富庶繁华的宋都顷刻间灰飞烟灭，宗庙毁废，北宋宣告灭亡。逃亡江南的北宋臣民，尤其是像孟元老一样长期生活在"辇毂之下"目睹汴京繁华的人，更对往昔的故都充满了无限眷念，"故老闲坐，必谈京师风物"（周煇《清波别志》）。孟元老的《东京梦华录》就是这一时代下的产物。作者以笔记体形式记录了昔日汴京的繁华景象，赵宋王室后人赵师侠在他为《东京梦华录》所作的跋文中说："若市井游观，岁时物货，民风俗尚，则所见闻习熟，皆得其真。"《东京梦华录》堪称文字版的《清明上河图》。

本文是冠于书首的序，全书的具体内容都通过作者凝练精彩的文笔浓缩于序文之中。

第一部分，作者以见证人的身份描述故都的繁华景象。

作者用意象纷呈、词彩斑斓的赋体语言描述故都的繁华风流，如大珠小珠落玉盘，令人目不暇接。第二部分交代写作意图及书名由来，充满惆怅感伤之情。

作者站在"出京南来，避地江左"的时间节点，去"暗想当年"的"节物风流，人情和美"，怅恨满怀，有"华胥梦觉"之感，读之使人顿生"黍离之悲"。明末藏书家毛晋为《东京梦华录》作了跋文，对此书的感情基调做了一个明确的定位："若幽兰居士华胥一梦，直以当《麦秀》《黍离》之歌……一时艳丽惊人风景，悉从瓦砾中描画幻相。"

然而，也有人认为，这篇序文格调不高，只是对昔日繁华享乐生活的惋惜与眷恋；用意肤浅，仅让人"开卷得睹当时之盛"，缺乏对历史兴亡的深刻反思。

那么，这篇序文到底要表达什么情感？写书的用意是否只是让人"开卷得睹当时之盛"？这需要从序文本身入手，联系作者写作《东京梦华录》的时代背景，才能一探究竟。

首先看书名。为什么把这部书"目之曰《梦华录》"？作者说："古人有梦游华胥之国，其乐无涯者，仆今追念，回首怅然，岂非华胥之梦觉哉？目之曰《梦华录》。"有论者据此认为作者只是在眷恋昔日的繁华和享乐，但我们仔细比较一下就可看出，典故中的"华胥之梦"和作者的"东京之梦"所传达的情感并不一致。典出《列子·黄帝》的"华胥之梦"显然是古人幻想出的一种乌托邦式的理想之境，是虚无缥缈的，是一种向往的姿态；而作者在序中所描述的昔日东京富庶繁华风流的景象，是作者数十年亲身经历、耳濡目染的日常生活,而且作者是在经历了"靖康之变"国破家亡后,在"出京南来,避地江左,情绪牢落,渐入桑榆"的境况下,"暗想当年,节物风流,人情和美,但成怅恨",是一种回望的姿态,这就有了昔盛今衰的黍离之悲和"故国不堪回首月明中"的家国之叹,怎可能只是"思乐"和"梦华"?

再看作者的写作动机。作者在序中说:"近与亲戚会面,谈及曩昔,后生往往妄生不然。仆恐浸久,论其风俗者,失于事实,诚为可惜。谨省记编次成集,庶几开卷得睹当时之盛。"难道写书的目的,真的只像作者说的只是让后生"开卷得睹当时之盛"?后生对长辈口中的故都繁盛的过往"妄生不然",是不相信其繁盛的程度,还是因为自幼生长在烟柳繁华的江南温柔之乡,对故都的过往不感兴趣了呢?恐怕二者都有。长此以往,故都"节物风流,人情和美"的盛景将湮灭在历史的尘埃中,像不曾存在过一样。繁华的背后是文明和文化,繁华的衰落实际上是文明文化的衰落。陈寅恪在《王观堂先生挽词并序》说:"凡一种文化值衰落之时,为此文化所化之人,必感苦痛。"作者长期生活在"辇毂之下","数十年烂赏叠游,莫知厌足",故都的文化习俗早已浸入骨髓,是他生命不可分割的一部分,他怎能眼睁睁地看着它被后人忘记以至于消逝呢?"暗想当年,节物风流,人情和美,但成怅恨",这种情绪,在经历过山河破碎的"江南游子"中普遍存在,"故老闲坐,必谈京师风物"(周煇《清波别志》)。抗战名将辛弃疾在叹惋"舞榭歌台,风流总被雨打风吹去",中兴名臣赵鼎也在怅叹"天涯海角悲凉地,记得当年全盛时"。作者通过自己的笔再现当年汴京城的"节物风流,人情和美",与其说是对昔日繁华享乐的眷恋,不如说是对故都文化文明的倾力挽留,是对故国灭亡、山河破碎的沉痛哀叹,是对后生故国情怀的殷殷唤醒。

诚然,序文对故都"当时之盛"的赞美之情溢于言表,但仔细品读,你会从字里行间咂摸出"言表"之下的另一种情感。作者介绍完自己的"卜居"之地,接着就写道:"正当辇毂之下,太平日久,人物繁阜。垂髫之童,但习鼓舞;斑白之老,不识干戈。"有幸生活在太平盛世,没有战火扰攘,物阜民丰,岁月静好。但是长期沉溺于静好和美之中,人们渐渐失去了居安思危的忧患意识,"都人不识有干戈,罗绮丛中乐事多"(汪元量《湖州歌九十八首其二十九》)。作者有意把"但习鼓舞"与"不识干戈"对举,是不是也透露出隐隐的不安与担忧?而且作者在写此篇序文时,已目睹了故都从繁华的太平盛世到被"一旦兵火"洗劫一空的过程,原来"辇毂之下"的"垂髫之童"和"斑白之老"都已成为流落他乡的游子孤客,站在这样的角度去回望昔日的"烂赏叠游",除了眷恋与惋惜,更多的不该是沉痛的反思吗?当然,不能不承认,偏安江南后,从朝廷到百姓,很多人又将汴京的歌舞享乐搬到了杭州,"山外青山楼外楼,西湖歌舞几时休?暖风熏得游人醉,直把杭州作汴州"(南宋林升的《题临安邸》),但作者显然没有被江南的"暖风""熏醉",他还在怀念故国"当时之盛",还在为故都的被遗忘怅恨不已,他写此书是否也有唤醒沉醉的"游人"之意?

序文写于 1148 年，这也是一般认为的《东京梦华录》的成书时间。四十年后，即 1187 年，赵师侠于北宋灭亡六十周年之际刊刻了此书，并为此作跋："今甲子一周，故老沦没，旧闻日远，后余生者，尤不得而知，则西北寓客绝谈矣。因锓木以广之，使观者追念故都之乐，当共趁'风景不殊'之叹。"他希望此书唤醒后生和流寓江南的官员士大夫们从"西湖歌舞"中醒来，"追念故都之乐"，像西晋东渡士子一样发出"风景不殊，正自有山河之异"的慨叹，收复山河，还于旧都。这不正是作者写《东京梦华录》的用意吗？有此知音，孟元老可以无憾矣！

《世说新语》序
(明) 王思任

读《史记》之后，或难为《汉书》；读《汉书》之后，且不可看他史。今古风流，惟有晋代，至读其正史，板质冗木，如工作《瀛洲学士图》①，面面肥皙，虽略具老少，而神情意态，十八人不甚分别。

前宋刘义庆撰《世说新语》，专罗晋事，而映带②汉魏间十数人，门户自开，科条③另定。其中顿置不安④，征传未的⑤，吾不能为之讳；然而小摘短拈，冷提忙点⑥，每奏一语，几欲起王、谢、桓、刘诸人之骨，一一呵活⑦眼前而毫无追憾者。又说中本一俗语，经之即文；本一浅语，经之即蓄；本一嫩语，经之即辣。盖其牙室⑧利灵，笔颠老秀⑨，得晋人之意于言前，而因得晋人之言于舌外，此小史中之徐夫人也⑩。嗣后⑪孝标⑫劻注，时或以《经》配《左》⑬，而博赡有功⑭；须溪贡评⑮，亦或以郭解《庄》⑯，而雅韵独妙。义庆之事，于此乎毕矣。⑰

自弇州伯仲⑱补批以来，欲极玄畅，而续尾渐长，效颦渐失⑲，《新语》遂不能自主。海阳张远文氏得善本于江陵陈元植家，悉发辰翁之隐，黜陟诸公，拣披各语⑳，注但取其疏惑㉑，评则赏其传神，义庆几绝而复寿者㉒，远文之力也。而《新语》之事，又于此乎毕矣。

嗟乎，兰苕翡翠，虽不似碧海之鲲鲸㉓，然而明脂大肉，食三日定当厌去，若见珍错小品，则啖之惟恐其不继也。此书泥沙既尽，清味自悠，日以之佐《史》《汉》炙可也㉔。

【注释】

① 工作：工匠仿作。《瀛洲学士图》：唐代画家阎立本的画作，描绘了盛唐十八学士的形象。

② 映带：关联，连带。另有景物互相衬托之义，如王羲之《兰亭集序》："又有清流激湍，映带左右。"

③ 科条：种类，科目。

④ 顿置不安：指门类安排不妥。

⑤ 征传未的（dí）：征引、解说不够准确。的，准确，恰当。

⑥ 小摘短拈，冷提忙点：意即顺手拈来，冷静客观随意评点。

⑦ 呵活：活灵活现。

⑧ 牙室：语言。

⑨ 笔颠老秀：笔尖文字老到、隽秀。

⑩ 徐夫人：战国赵人，铸剑名家，以藏锋利匕首闻名。荆轲刺秦王所用匕首即得自徐夫人。

⑪ 嗣后：以后。

⑫ 孝标：南朝梁文学家刘孝标。

⑬时或以《经》配《左》：当时有人认为他的注解就像《左传》为《春秋》做解释一样。

⑭博赡有功：注释内容丰富，十分有用。赡，充足，丰富。

⑮须溪贡评：刘辰翁为《世说新语》作评。须溪，即宋末文学家刘辰翁。

⑯亦或以郭解《庄》：郭，即晋代玄学家郭象。《庄》指《庄子》。

⑰义庆之事，于此乎毕矣：刘义庆的这部著作，到此时已经很完满了。

⑱弇（yǎn）州伯仲：即明代文学家王世贞兄弟。

⑲续尾渐长，效颦渐失：续貂之作越来越长，东施效颦的越来越多，使《世说新语》渐失原来的面目。

⑳黜陟诸公，拣披各语：评价《世说新语》诸评注家的高下，从大量评语中挑选精华。黜陟，原指提升或废除官职，此指评判高下。拣，挑选。

㉑疏惑：粗略不周密或疑惑之处。

㉒义庆几绝而复寿者：使几乎窒息的刘义庆又苏醒过来，指又恢复了《世说新语》原本生动传神的面目。

㉓兰苕（tiáo）翡翠，虽不似碧海之鲲鲸：语出唐杜甫《戏为六绝句》之四："或看翡翠兰苕上，未掣鲸鱼碧海中。"杜甫此句是批评当时浓丽纤巧的诗风，缺少雄健才力和阔大气魄。这里反用其意，意即《世说新语》虽篇幅短小但回味隽永。《文选·郭璞》有"翡翠戏兰苕，容色更相鲜"句。

㉔日以之佐《史》《汉》炙可也：每天用它配合着《史记》

《汉书》那样的盛馔一起品味也很好啊。

【译文】

读过《史记》后，也许就不愿读《汉书》了；而读过《汉书》后，恐怕就不愿再读其他的史书了。今古风流，唯有晋代，等到去读晋代的正史时，却感到死板冗长乏味，就像工匠仿作的《瀛洲学士图》，每个人面部都很丰腴，虽大约有些年龄老少的分别，但他们的神情意态，十八个人却没有多大的不同。

南北朝宋刘义庆撰写的《世说新语》，专门搜罗晋代人的逸事，并且连带着写到了汉魏间十几个人的事迹，自开门户，另外设定写作的体例、方法。其中有些条目归类不够恰当，征引、解说不够准确，这些内容我当然不能替他掩饰。然而书中作者顺手拈来随意评点，每每在只言片语之间，便刻画出王、谢、桓、刘这些晋代名士的风骨神态来，仿佛把他们活灵活现地呈现在读者面前，而丝毫没有让人觉得有遗憾的地方。再者，书中本是一句俗语，作者表达出来就显得文雅；本是一句浅显的话，经作者表达出来就有了意蕴；本是一句稚嫩的话，经作者表达出来就成为老辣之语。大概是因为作者语言犀利、灵巧，笔尖文字老到、隽秀，在写作之前已尽得晋人的意趣，因而能充分表现出晋人的语言情趣，这书真是杂述野史中如徐夫人的匕首那样犀利、灵巧的传神之作。随后有刘孝标为之作注，当时有人认为他的注解就像《左传》为《春秋》做解释一样，注释内容丰富，十分有用；

刘辰翁为《世说新语》作评，也有人认为像郭象《庄子注》一样。评论文雅，独具韵致。刘义庆的这部著作，到此时已经很完满了。

自从弇州王世贞兄弟补批《世说新语》以来，人们想穷极此书的妙处，但是像东施效颦一样的续貂之作越来越多，使《世说新语》渐渐失去原有魅力，失去了原有的面貌。海阳张远文在江陵陈元植家得到了《世说新语》善本，便尽现刘辰翁评语的深意，评价《世说新语》诸评注家的高下，从大量评语中挑选精华，只是挑选疑惑之处加以注解，选取传神的评语加以赏析，使几乎窒息的刘义庆又苏醒过来，这是张远文的功劳。有关《世说新语》一书的事，至此圆满无憾了。

哎！兰茗翡翠，虽然不如碧海鲲鲸那样有气势，然而肥脂大肉，吃上三天必定会餍足而弃去。若是见了精美珍稀的小菜，吃起来就总怕这样的美味不能延续。这本书中的泥沙既已除尽，其清幽的韵味自然会悠然而出。每天用它配搭着《史记》《汉书》那样的盛馔一起品味，浓淡最为相宜可口。

>>> 【经典细读】

珍错小品清味悠

南朝刘义庆编著的《世说新语》是国学经典中的"旷世奇书",冯友兰称它为"中国人的风流宝鉴",鲁迅则说它是"一部名士的教科书",傅雷给远在美国的儿子写信说"《世说新语》大可一读",季羡林说它"每一篇几乎都有几句或一句隽语……令人回味无穷"……

那么,《世说新语》究竟是一部什么样的书?穿越千年,那里面的人物何以仍"——呵活"?那里面的故事何以像"珍错小品"一样让人咀嚼品赏、回味无穷?我们不妨以王思任的《〈世说新语〉序》作为一个窗口一窥堂奥。

王思任是晚明小品文名家,和《世说新语》中的魏晋名士们一样,有着超凡脱俗的鲜明个性,堪称晚明一代名士。他秉性忠直,性情刚烈。清兵进逼杭州,马士英欲渡江入越,王思任以《让马瑶草》致书马士英:"吾越乃报仇雪耻之国,非藏垢纳污之地也。"鲁迅先生多次不无自豪地引用这句话说明浙东文化的精神传承。绍兴陷落,王思任在门上大书"不降"二字,并说:"社稷留还我,头颅掷与君。"面对逼降,绝食而死。他洒脱烂漫,诙谐幽默。张岱《王谑庵先生传》中说他"聪明绝世,出言灵巧,与人谐谑,矢口放言,略无忌惮"。这样的个性情趣与魏晋名士颇为投缘,这或许是他欣赏《世说新语》并为之作序的一个原因吧。

文如其人。这篇序文很大程度上突破了序跋文体实用功能的局限,没有拘于一般序文的成规格式,按部就班地介绍《世说新语》的文体属类、体例写法、思想内容及影响作用等,而是把这些信息都蕴含在自由洒脱、新鲜生动、简练精辟的品评议论中,无一句不紧扣主题,却毫无板滞枯燥之感,信笔挥洒,富有韵味,如一篇精致耐读的小品文。

《世说新语》的文体归属于哪一门类?从行文中可以看出,作者是把它看作了史书。一是把它与正史比较,"今古风流,惟有晋代,至读其正史,板质冗木";二是把它与《史记》和《汉书》相提并论,"此书泥沙既尽,清味自悠,日以之佐《史》《汉》炙可也";三是直接点出是"小史","此小史中之徐夫人也"。

这里补充一点,关于《世说新语》的属类,历来存有争议。《隋书·经籍志》将它列入"笔记小说",鲁迅《中国小说史略》中也称它为"志人小说",但两者"小说"的含义不一样。鲁迅所说的"小说"是一种文体形式,而《隋书·经籍志》中的"小说"不是文体概念,而是用它的字面意思:小,与大对举,所说不关乎经国,出于稗官野史、街谈巷议。《世说新语》"杂采群书",大多"言必有据",许多内容还被作为正史的《晋书》采用,所以它不是现代意义上的"小说"。

王思任把它当成"小史"是有道理的，所以他在序文中说："其中顿置不安，征传未的，吾不能为之讳。"因为有些生动有趣的小故事无从考证，如，郑玄家女仆引用《诗经》、周处自新、曹丕杀弟等。

客观来看，《世说新语》既非严格意义上的史书，又非普通意义上的小说，但不能因为它有虚构成分而否定其史学价值，也不能因为它有对生活的实录而抹杀其独有的艺术魅力和审美价值。

作者在序中无意于介绍《世说新语》的属类，而是要告诉我们更重要的信息。序文开头明为肯定作为正史的《史记》《汉书》的历史地位，实际上是在说正史可读的不多，顺势引出晋代正史无趣，不能反映出其特有的时代风貌，以此来衬托《世说新语》的艺术魅力。"日以之佐《史》《汉》炙可也"，更是把它与正史中的两座高峰相类比。开头为什么说读了《史记》就不想读其他正史了？因为《史记》高于其他史书的地方在于它的客观写实不为帝王讳的思想高度，在于它传神生动的艺术魅力，这，也是《世说新语》所具有的。

《世说新语》能够"每奏一语，几欲起王、谢、桓、刘诸人之骨，——呵活眼前而毫无追憾者"，很大程度上得益于它别具一格的体例。

作者说《世说新语》"门户自开，科条另定"，并用"小摘短拈，冷提忙点"概括其特点，简练精辟。《世说新语》主要是记载东汉后期到晋宋间一些名士的逸闻隽语，它采撷精彩有趣的片段，随手拈来，篇幅短小，灵活自由；它依类相从，分为德行、言语、政事、文学等三十六门，每门有若干则故事。其次，作者藏在文字背后，不动声色，褒贬蕴含于对其言行举止的客观描述中。这样的体例在刻画人物、展示人物精神风貌上有得天独厚的优势。

其一，减少不必要的情节叙述而以细节传神。或聚焦一个小小的典型镜头，如《忿狷》第二则写王蓝田性急吃鸡子，"刺""举""掷""碾""啮""吐"，一连串夸张的动作，刻画了王蓝田急躁火爆的性格，令人捧腹；或聚焦一句话，如写王徽之雪夜访戴，一句"吾本乘兴而行，兴尽而返，何必见戴"，写出王徽之寄兴趣于过程本身而不拘泥于外在目的的洒脱随性；或聚焦一个动作，如阮籍丧母后，裴楷前去吊唁，阮籍喝得大醉，一个"散发坐床，箕踞不哭"的动作，便写出了阮籍不为世俗所限而任性随情的个性特点。

其二，刻画人物，可以通过一篇突出其某一个性特点，也可以把分散在各门类的某一人物的言行举止集中到一起综合观察，表现这一人物的立体复杂性格。比如《忿狷》第二则写王蓝田性急粗暴的一面，第五则又写他在豪强面前忍气吞声的一面；《德行》第十一则写华歆贪财慕官的一面，第十三则又写其扶危济困的一面。

其三，分类系事，不仅篇幅短小，而且立意取材灵活，可以根据编者自己的审美情趣选材立意，突破一般史书只是记录遗闻轶事的局限，通过加工提炼，体现魏晋人物的审美趣味。他们热爱自然之美，顾恺之赞叹会稽的山水"千岩竞秀，万壑争流"；他们追求空灵澄澈之美，王羲之曰"山阴道上行，如在镜中游！"；他们崇尚高洁绝俗之美，王徽之指竹曰"何可一日无此君！"；他们欣赏自由飘逸之美，嵇康"萧萧肃肃，爽朗清举"，王恭"濯濯如春月柳"，王羲之"飘如游云，矫若惊龙"，谢道韫"神情散朗，奕奕有林下风"……

其四，作者不动声色，冷静客观描述，而褒贬好恶蕴含其中。如写谢家的咏雪比赛，听了侄儿的"撒盐空中差可拟"和侄女的"未若柳絮因风起"的回答，谢安未做任何评价，只是"大笑乐"，而作者也未表态，却在最后补充交代谢道韫的身份，启人联想，耐人寻味，起到了言已尽而意无穷的效果。

总之，王思任的这篇序文让我们领悟到《世说新语》别具一格的体例形式和独特的艺术魅力。

王思任称《世说新语》如"珍错小品"，"清味自悠"，其实，这篇序文何尝不是如此？它一改一般小说序跋的说教气息，体现了对传统序跋文体的突破，语言活泼谐谑，"牙室利灵，笔颠老秀"，与其小品文作品有异曲同工之妙。它论《世说新语》的语言，连用三个极短的句式构成排比，妥帖精到。它还善用比喻，以工匠仿作《瀛洲学士图》，比喻正史冗长无趣；以"小史中之徐夫人"比喻《世说新语》语言的灵秀活泼；以"明脂大肉""珍错小品"分别比喻《史》《汉》的丰富醇厚和《世说》的清新耐读，幽默诙谐，隽永传神，也称得上是一篇"清味自悠"的"珍错小品"。

《陶庵①梦忆》序

（清）张岱

陶庵国破家亡，无所归止。披发入山，骇骇②为野人。故旧见之，如毒药猛兽，愕窒③不敢与接。作《自挽诗》，每欲引决④，因《石匮书》⑤未成，尚视息⑥人世。然瓶粟屡罄⑦，不能举火。始知首阳二老，直头饿死，不食周粟⑧，还是后人妆点语也。

饥饿之余，好弄笔墨。因思昔日生长王、谢，颇事豪华，今日罹⑨此果报：以笠报颅，以篑⑩报踵，仇簪履也；以衲⑪报裘，以苎⑫报絺，仇轻煖⑬也；以藿⑭报肉，以粝报粻⑮，仇甘旨⑯也；以荐⑰报床，以石报枕，仇温柔⑱也；以绳报枢⑲，以瓮报牖⑳，仇爽垲㉑也；以烟报目，以粪报鼻，仇香艳也；以途报足，以囊报肩，仇舆从㉒也。种种罪案㉓，从种种果报中见之。

鸡鸣枕上，夜气方回㉔。因想余生平，繁华靡丽，过眼皆空，五十年来，总成一梦。今当黍熟黄粱㉕，车旋蚁穴㉖，当作如何消受？遥思往事，忆即书之，持向佛前，一一忏悔。不次㉗岁月，异年谱也；不分门类，别《志林》也。偶拈一则，如游旧径，如见故人，城郭人民㉘，翻用自喜㉙。真所谓"痴人前不得说梦"矣。

昔有西陵脚夫为人担酒，失足破其瓮。念无以偿，痴坐伫想曰："得是梦便好。"一寒士乡试㉚中式，方赴鹿鸣宴㉛，恍然犹意非真，自啮其臂曰："莫是梦否？"一梦耳，惟恐其非梦，又惟恐其是梦，其为痴人则一也。

余今大梦将寤，犹事雕虫㉜，又是一番梦呓。因叹慧业文人㉝，名心难化，政如邯郸梦断，漏尽钟鸣㉞，卢生遗表，犹思摹拓二王㉟，以流传后世。则其名根㊱一点，坚固如佛家舍利㊲，劫火㊳猛烈，犹烧之不失也。

【注释】

①陶庵：张岱的号。张岱，字宗子，又字石公。浙江山阴（今浙江绍兴）人，明清之际史学家、文学家。

②骇骇（hài）：通"骇"，惊骇的样子。

③愕窒：惊愕得不敢出气。

④引决：自杀。

⑤《石匮书》：张岱撰写的一部明代史书。共二百二十卷。有本纪、志、世家、列传。

⑥视息：仅存视觉、呼吸，谓苟全活命。

⑦罄：尽，空。

⑧不食周粟：语出《史记·伯夷列传》。本指伯夷、叔齐于商亡后不吃周粟而死。形容气节高尚，誓死也不愿与非正义或非仁德的人有瓜葛。

⑨罹：遭受。

⑩ 蒉（kuì）：草鞋。

⑪ 衲（nà）：僧徒的衣服，常用许多碎布补缀而成，因即以为僧衣的代称（补缀的衣服）

⑫ 苎（zhù）：苎麻，此处意指粗麻布。絺（chī），细葛布。

⑬ 煖：同"暖"。

⑭ 藿：豆叶。此处意指野菜。

⑮ 粝（lì）：粗米。粻（zhāng），细米。

⑯ 甘旨：美味的食物。

⑰ 荐：草席。

⑱ 温柔：温暖柔软的被褥。

⑲ 枢：门轴。

⑳ 牖：窗子。

㉑ 爽垲（kǎi）：也作"塽垲"，高爽干燥之地。

㉒ 舆从：车马随从。

㉓ 罪案：罪状，罪名。

㉔ 夜气方回：夜气，黎明前的清新之气。孟子认为，人在清明的夜气中一觉醒来，思想未受外界感染，良心易于发现。因此用以比喻人未受物欲影响时的纯洁心境。方回，指思想刚一转动。

㉕ 黍熟黄粱：出自《枕中记》，引用卢生黄粱美梦的典故，喻富贵繁华终成虚幻。

㉖ 车旋蚁穴：出自《南柯太守传》，引用淳于棼梦游槐安国，醒来后发现为蚁穴的典故，喻人世倏忽，富贵虚浮。

㉗ 次：排列。

㉘城郭人民：古代传说汉朝人丁令威学道于灵虚山，后来变成了一只鹤，飞回家乡辽东，见到人世已经发生了很大的变化，于是唱道："有鸟有鸟丁令威，去家千年今始归。城郭如故人民非，何不学仙冢累累。"（见《搜神后记》）这两句是说，如同见到了昔日的城郭人民，自己反而能因此高兴。张岱所作《陶庵梦忆》一书，多记明代旧事，所以暗用了这个典故。

㉙翻用自喜：反而因之自乐。

㉚乡试：明、清两代每三年在各省省城（包括京城）举行一次，一般在八月，故又称"秋闱"，中试称为"举人"，第一名称"解元"。凡中试者均可参加次年在京师举行的会试。

㉛鹿鸣宴：唐代科举制度中规定的一种宴会。明清沿此，于乡试放榜次日，宴请新科举人和内外考官等，歌《诗经》中《鹿鸣》篇，称为"鹿鸣宴"。

㉜雕虫：比喻从事不足道的小技艺，常指写作诗文辞赋。

㉝慧业文人：指有文学天才并与文字结缘的人。慧业：佛家名词，指生来赋有智慧的业缘。

㉞漏尽钟鸣：指夜尽天明，比喻生命的尽头。

㉟卢生遗表，犹思摹拓二王：汤显祖根据《枕中记》写的戏曲《邯郸记》中，卢生临死时说："俺的字是钟繇法帖，皇上最为爱重，俺写下一通，也留与大唐作镇世之宝。"二王，指王羲之、王献之，他们和钟繇都是著名书法家。

㊱名根：指产生好名这一思想的根性。根：佛家的说法，

是能生之义。人的眼、耳、鼻、舌、身、意，都能生出意识，称为六根。

㊲舍利：梵语"身骨"的译音。佛教徒死后火葬，身体内一些烧不化的东西，结成颗粒，称为"舍利子"。

㊳劫火：佛家以为坏劫中有水、风、火三劫灾。这里指焚化身体（结束一生）的火。

【译文】

陶庵国破家亡，没有归宿之处，披头散发进入山中，令人惊异地变成了野人。亲戚朋友看到我，就像（看到了）毒药猛兽，惊惶得几乎窒息，不敢与我接近。我写了悼念自己的诗，屡次想自杀，因《石匮书》未完成，还苟活在人间。然而瓮中的米屡次用尽，不能生火做饭，才知道首阳山的伯夷、叔齐二老，竟自是饿死的，（说他们）不吃周朝的粮食，还是后人夸张粉饰的话。

饥饿以后，喜欢写点文章。就想到以前生长在王、谢一样的高贵人家，很是享受了一番豪华的生活，今日遭到这样的因果报应：用斗笠回报头颅，用草鞋回报脚跟，这是报应过去的簪缨穿履。用衲衣回报皮裘，用麻布回报细葛，这是报应过去的着暖穿轻。用豆叶回报肉食，用粗粮回报精米，这是报应过去的美味佳肴。用草席回报床褥，用石块回报枕头，这是报应过去的温暖柔软。用绳枢回报门轴，用破瓮回报轩窗，这是报应过去的高爽干燥。用烟熏回报眼睛，用粪臭回报鼻子，这是报应过去的芳香艳丽。用路途回报双脚，用背囊回报肩膀，这是报应过去的车马随从。以前的各种罪状，从今天的各种因果报应中看到。

  在枕上听到鸡的啼声，清明纯净的心境刚刚恢复，于是回想我的一生，繁华奢靡，转眼之间都成乌有，五十年来，全都成为一场梦。现在正当黍米饭熟黄粱梦断，车过蚁穴南柯梦醒，这种日子该作怎样的忍受。遥想往事，想到就写下它，拿到佛前，一桩桩地忏悔。所写的事，不以年月为序，与年谱相异；不分门别类，与《志林》有别。偶尔拿出一则，好像重游先前的小路，如同遇见过去的朋友，虽说城郭依旧，人民已非，自己反而因此高兴，真可谓是痴人面前不能说梦了。

  以前西陵有一个挑夫替人担酒，行走时不慎跌倒摔破酒瓮，想想无法赔偿，就长时间呆坐着想道："若是梦就好了！"又有一个贫穷的书生参加乡试中了举人，正去参加鹿鸣宴，恍恍惚惚地还以为这不是真的，自己咬着自己的手臂说："莫不是做梦吧？"一样是梦而已，一个唯恐它不是梦，一个又唯恐它是梦，但他们作为痴人则是一样的。

  我现在大梦将醒，还在从事雕虫小技，这是又一次在说梦话。于是叹息从事智慧事业的文人，好名之心难以改变，正如邯郸梦醒，更漏已尽晨钟已鸣，卢生临终上疏，还想着摹拓二王的书法，来流传后世，那一点好名的根性，已经坚固如同佛家舍利，虽劫火猛烈，还烧它不掉。

>>>【经典细读】

繁华落尽，痴心不改

我们初中时读过一篇短文《湖心亭看雪》，这篇文章即选自《陶庵梦忆》。文中写作者张岱于寒冬傍晚，独自冒雪乘舟前往西湖湖心亭赏雪，却偶遇两位与他有同样雅兴的陌生人，于是痛饮三大杯而还。在文末，张岱借船夫的话——"莫说相公痴，更有痴似相公者"——点明了自己看雪的痴情。

"痴"是对张岱一生最恰当的概括。他出生于显贵世家，少年时鲜衣怒马，"颇事豪华"，用他自己的话说是"少为纨绔子弟，极爱繁华，好精舍，好美婢，好娈童，好鲜衣，好美食，好骏马，好华灯，好烟火，好梨园，好鼓吹，好古董，好花鸟，兼以茶淫橘虐，书蠹诗魔"（《自为墓志铭》）。这样一个爱好广泛、风流不羁的张岱可以为了吃到满意的奶酪而自己养牛，并顺道发明了奶茶；可以因为迷恋斗鸡天天聚众玩乐，赢走二叔手里的古董字画，当从杂书中得知唐玄宗因为斗鸡而亡国后果断地戒掉；可以因为看伶人踢球不过瘾，就自己组建球队自己踢；可以因为市面上的牌不好看，而自己设计各种风格的纸牌，并自创了许多规则；可以因为突然想起一出戏，就深夜跑到寺庙里敲锣打鼓，唱念做打，吓得僧人们不知是人是鬼……前半生的张岱就像《红楼梦》里的贾宝玉一样，痴迷着尘世生活的多彩，痴享着各种癖好的快乐，痴恋着故国风情的美好。

如果生活就这样继续下去，那中国历史上无非也就多了一位天资聪颖、乐于享受、精于赏鉴的文人名士，不会留下浓墨重彩的一笔。可命运显然没有放过张岱，47岁那年，明朝灭亡，张岱忽然之间"无所归止"，找不到人生的方向了。他真的"无所归止"吗？改朝换代，考验着知识分子的人生信仰。他可以像当时的名流钱谦益、吴伟业那样选择效忠清朝，也可以像他的好朋友祁彪佳、王思任那样选择明志殉国。但他不屑于归顺，而好友的选择又时时刺激着他，写好了《自挽诗》，几次都想一死了之而终没死成。他不是怕死，而是不甘心，于是他选择了另外一条路——归隐山中，潜心著述，为完成大明史书《石匮书》而在贫困中坚守着信仰。如果说过去的张岱痴情于生活的美好，那么此时的张岱则痴情于信仰的坚定。

由贵族公子而沦为山间野人，由鲜衣美食而降为衲苎粗粝，从富贵风流到贫贱孤苦，从繁华热闹到落寞冷清，从有国有家而国破家亡，人生的巨大落差使张岱产生恍如隔世之感。"繁华靡丽，过眼皆空，五十年来，总成一梦。"这个"梦"是那么真实真切，却又那么虚无缥缈。从这个"梦"里，我们感受到了作者深深的怀念与不舍，也感受到了他痛彻心扉的绝望与悔恨,还感受到了大丈夫的不妥协与不甘心。在张岱看来,过去的"繁华靡丽"就是"种种罪案",今日遭受的一切贫困痛苦就是"种种果报"。如果过去不那么潇洒随性,不那么张扬恣肆,不那么沉迷享乐,也许大明朝就不会亡!所以,他"遥思往事,忆即书之,持向佛前,一一忏悔",以此来祭奠他热爱的生活、灿烂的生命和他心爱的大明朝。这又何尝不是一种痴情?

在这篇自序里,张岱说了两则与梦相关的事,作者感叹:"一梦耳,惟恐其非梦,又惟恐其是梦,其为痴人则一也。"二人俱非梦中,却又醒得不踏实:"恐其非梦"者,倚在梦的门框上不愿醒来;"恐其是梦"者,一只脚已探入梦的门槛内却要挣扎着出来。张岱理性上已从生活中醒悟过来,明白过去的繁华如梦,"遥思往事,忆即书之,持向佛前,一一忏悔",但他却不愿从过去繁华的梦中醒来,"偶拈一则,如游旧径,如见故人,城郭人民,翻用自喜",这种又悔恨又迷恋的矛盾心理,使他一边挖苦自己"痴人前不得说梦",一边"犹事雕虫,又是一番梦呓"。在悔恨中迷恋,在迷恋中挣扎,这又何尝不是一种痴情?

张岱写作《陶庵梦忆》《西湖梦寻》等书时,已是康熙盛世了,但他仍痴情地将目光和记忆都驻留在前朝,不肯醒来,"其名根一点,坚固如佛家舍利,劫火猛烈,犹烧之不失也"。

这就是张岱,一个盛世文化的记录者,一位欲醒还梦的梦游者,一位痴爱故国的大明遗老。

《聊斋志异》①自序

(清) 蒲松龄

披萝带荔,三闾氏感而为骚;②牛鬼蛇神,长爪郎吟而成癖。③自鸣天籁④,不择好音⑤,有由然⑥矣。

松⑦落落秋萤之火,魑魅争光;逐逐野马之尘,魍魉见笑。才非干宝⑧,雅爱搜神;情类黄州,喜人谈鬼。⑨闻则命笔,遂以成编。久之,四方同人,又以邮筒⑩相寄,因而物以好⑪聚,所积益夥⑫。甚者,人非化外⑬,事或奇于断发之乡⑭;睫在目前,怪有过于飞头之国⑮。遄飞逸兴⑯,狂固难辞⑰;永托旷怀⑱,痴且不讳。展如之人⑲,得无⑳向我胡卢㉑耶?

然五父衢头,或涉滥听;㉒而三生石上,颇悟前因。㉓放纵之言㉔,有未可概㉕以人废㉖者。

松悬弧㉗时,先大人㉘梦一病瘠瞿昙㉙,偏袒㉚入室,药膏如钱,圆粘乳际,寤而松生,果符墨志㉛。且也少羸㉜多病,长命不犹㉝。门庭之凄寂,则冷淡如僧;笔墨之耕耘㉞,则萧条似钵㉟。每搔头自念,勿亦面壁人㊱果是吾前身耶?盖有漏根因㊲,未结人天之果㊳;而随风荡堕,竟成藩溷之花㊴。茫茫六道㊵,何可谓无其理哉!

《聊斋志异》自序

独是子夜荧荧,灯昏欲蕊[41];萧斋瑟瑟,案冷疑冰。集腋为裘,妄续《幽冥》之录[42];浮白[43]载笔,仅成《孤愤》之书[44]。寄托如此,亦足悲矣。

嗟乎!惊霜寒雀,抱树无温;吊月[45]秋虫,偎栏自热。知我者,其在青林黑塞[46]间乎!

康熙己未春日。

【注释】

①康熙十八年(1679),蒲松龄将已作成的篇章初步结集,题《聊斋志异》,作此文为序,自伤半生落拓,执着撰写志异之文,寄托忧愤,情词凄切。文中历数典实,含自辩自信且亦由自负之意。

②"披萝"二句:披萝带荔,语本屈原《九歌·山鬼》:"若有人兮山之阿,披薜荔兮带女萝。"骚,骚体文,因《离骚》为楚辞代表,后世遂称楚辞体为"骚体"。此句意为身披香草的山鬼,引起屈原的感慨用骚体把她写进诗篇。

③"牛鬼"二句:晚唐诗人李贺有吟诗之癖,每出行,辄骑弱马,背古锦囊,得句即投其中。其诗风以奇谲荒诞著称。贺字长吉,以其身材细瘦,指爪修长,故有"长爪郎"之称。李商隐《李长吉小传》云:"长吉细瘦,通眉,长指爪。"

④天籁:语出《庄子·齐物论》,意为自然之音。后用以指称诗文发自胸臆,无雕琢之迹。

⑤好音:悦耳的声音。

⑥由然:因由,来由。

⑦松：作者自称，"松龄"之省文。落落：形容孤独寡合。

⑧干宝：东晋著名作家，集古今怪异非常之事，作成《搜神记》，为六朝志怪书中的代表作。雅，平素，向来。

⑨"情类"二句：宋·叶梦得《避暑录话》载，苏轼以"谤讪朝廷"罪，被贬为黄州团练副使，日与人聚谈，强人说鬼，或辞无有，便说："姑妄言之。"

⑩邮筒：古代传递书札、诗文所用的竹筒。

⑪好：喜好。

⑫夥（huǒ）：众多。

⑬化外：未开化的地方。

⑭断发之乡：蛮荒之地。《史记·吴太伯世家》："太伯、仲雍乃奔荆蛮，文身断发。"

⑮飞头之国：古代传说中的怪异地方。唐·段成式《酉阳杂俎·异境》："岭南溪洞中，往往有飞头者，故有飞头獠子之号。"

⑯遄（chuán）飞逸兴：意兴飞扬。遄，快，迅速。

⑰辞：解说，辩解。

⑱旷怀：豁达的襟怀。

⑲展如之人：语出《诗经·鄘风·君子偕老》："展如之人兮，邦之媛也。"展如：诚实、一本正经的样子。

⑳得无：表示推测或反问，可译为"该不会""怎能不""莫非，恐怕，是不是"等。《聊斋志异·促织》："得无教我猎虫所耶？"《岳阳楼记》："览物之情，得无异乎？"

㉑胡卢：笑的样子。一说喉间发出的笑声。《聊斋志异·

促织》:"掩口胡卢而笑。"

㉒"五父"二句:《史记·孔子世家》载,叔梁纥与颜氏女野合而生孔子,颜氏耻而讳言叔梁纥葬处。颜氏死后,孔子"乃殡五父之衢"。后来有知情人告诉孔子其父墓的位置,孔子才把母亲与父亲合葬在防山。古代殡、葬有别,殡是死者入殓后停柩以待葬,葬才是真正地掩埋尸体。五父衢,道名,在今山东曲阜东南。滥听,无稽传说。

㉓"而三生"二句:唐·袁郊《甘泽谣·圆观》,叙僧圆观能知前生、今生、来生事,他与李源友善,同游三峡,见一妇人汲水,对李源说:"是某托身之所。更后十二年中秋月夜,杭州天竺寺外,与君相见。"届时李源到杭州,见一牧童唱道:"三生石上旧精魂,赏月吟风不要论。惭愧情人远相访,此身虽异性长存。"牧童就是圆观后身。后遂以"三生石"表情谊前生已定,绵延不断。

㉔放纵之言:随便说的话。

㉕概:一概,完全。

㉖以人废:以人废言。

㉗悬弧:男子诞生。《礼记·内则》:"子生,男子设弧于门左,女子设帨于门右。"弧,木弓;"帨"是指佩戴在身上的帕子。意思是说,生下男孩在家门左边挂一把弓,如果是女孩子在门右边挂条手绢。在古代,女人分娩时不能受到惊扰,孩子"洗三"之后才能抱出产房,门上悬挂弓箭或布条,向人们宣布新生儿是男是女的信息,这种仪式被称作"悬弓挂帛"。同时,这种方式也能提醒货郎、铁匠以及携带

响器的人保持安静,以免惊扰产妇和婴儿。

㉘先大人:死去的父亲。

㉙瞿昙:梵语,原为佛教始祖姓氏,后泛指僧人。

㉚偏袒:和尚身穿袈裟,袒露右肩,故称。

㉛墨志:黑痣。"志",通"痣"。

㉜羸(léi):瘦弱。

㉝长命不犹:长大成人后命运不好。不犹,不如别人。《诗经·召南·小星》:"实命不犹。"

㉞笔墨之耕耘:谓卖文度日。

㉟萧条似钵:像托钵和尚一样清贫。

㊱面壁人:《五灯会元》卷一载,佛教禅宗祖师达摩来中国,面壁而坐九年。此处泛指佛僧。

㊲有漏根因:佛家谓三界之情,由眼、耳、鼻、舌、身、意六根泄漏。"有漏根因",谓未断绝尘缘,归于寂空。

㊳"未结"句:承上句而言,谓未得"证果"。人天,佛教语。六道轮回中的人道和天道。人天之果,即行善者得到的果报。

㊴藩溷(hùn)之花:《梁书·范缜传》:"缜在齐世尝侍竟陵王子良。子良精信释佛,而缜盛称无佛。子良问曰:'君不信因果,世间何得有富贵?何得有贫贱?'缜答曰:'人之生譬如一树花,同发一枝,俱开一蒂,随风而堕,自有拂帘幌坠于茵席之上,自有关篱墙落于粪溷之侧。贵贱虽复殊途,因果竟在何处?'"溷,粪坑。这里是借以自喻。

㊵六道:佛教语,谓天道、人道、阿修罗道、畜生道、

饿鬼道、地狱道六样轮回去处。

㊶荧荧：烛光微弱貌。唐·许浑《下第贻友人》："夜寒歌苦烛荧荧。"

蕊：指灯油将尽，灯芯结花。

㊷《幽冥》之录：南朝刘义庆著《幽冥录》，记神鬼怪异事。这里泛指志怪小说。

㊸浮白：本义为罚满饮一杯酒。浮，旧时行酒令罚酒之称，后指满饮。白，古代罚酒用的杯子。后以"浮白"泛指饮酒。

㊹《孤愤》之书：战国韩非著有《孤愤》。《史记·老子韩非列传》索引云："孤愤，愤孤直不容于时也。"此指代《聊斋志异》。

㊺吊月：对月伤感，此指虫儿在月下哀鸣。吊，祭奠。

㊻青林黑塞：比喻知己朋友所在之处。语本杜甫《梦李白二首》（其二）："魂来枫林青，魂返关塞黑。"此处化用其意，指世间没有能识其此文之意者，知己只在冥冥之中。

【译文】

身披香草的山鬼，引起屈原的感慨用骚体把他写进诗篇；牛首之鬼，蛇身之神，"长爪郎"李贺却嗜吟成癖。他们的诗歌发自内心自然而然，不选择好听的声音迎合世俗，这种做法是有原因的。

我孤寂失意，犹如秋日萤火，只能与魑魅争夺微光；我追逐名利，随世浮沉，终被魍魉讥笑。我没有干宝的才能，却痴迷于搜神记怪；我像贬居黄州的苏东坡，喜人妄谈鬼怪。耳闻笔录，汇编成书。时间长了，四方志同道合的朋友，又把他们听闻的故事封在竹筒里寄给我，所以故事因为我喜好搜集，积累得越来越多。更有甚者，我们并非身处未开化的地方，发生的事竟比文身断发的荒蛮之地更为怪异；眼前出现的怪事，竟比人头会飞的国度更加离奇。逸兴在笔端飞扬，字里行间写满我狂放不羁的性情，（面对世人的指责）我不去辩解；我始终保持旷达的襟怀，被人看作痴狂也不避讳。那些正人君子们，恐怕会因此笑话我吧？

然而类似孔子殡母于五父道口的传闻，或许是些虚妄不实之谈。而三生石的故事，却让我颇悟前世因缘之理。书中的放纵之言，或许有些可看之处，不可全部因人废言。

我出生时，先父梦见一个面带病态、面容清瘦的和尚，身披袈裟，袒露右肩闯进屋中。铜钱大小的一块膏药粘在乳旁。父亲醒后，我正好降生，乳旁果有一块黑痣，与父亲梦中的相符。并且我小时体弱多病，长大命不如人。门庭凄凉冷落，如僧人凄清幽居；笔耕谋生，清贫似和尚持钵化缘。每每搔头自念，难道那和尚真是我的前身吗？只是因为我未能了断尘缘，所以不能修成正果，成佛升天。于是随风飘荡，转生人间，竟成为粪坑边的落花。六道茫茫难料，因果轮回岂无天理啊！

只是在这半夜时分，烛光微弱，昏昏欲灭，书斋冷清，桌案似冰。集腋成裘，我妄想写成《幽冥录》的续编；把酒命笔,只写出这部充满成孤愤的书。我的怀抱只能寄托于此书,实是可悲。

唉!冬天的雀儿被冰冷的寒霜惊动,栖于树枝也感觉不到一丝暖意;秋虫在清冷的月光下,依偎着冰凉的栏杆独自暖身。能够理解我的人,或许只有那青青枫林、沉沉关塞中游荡的幽魂了吧!

康熙己未春日。

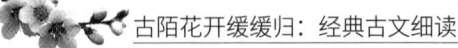

>>> 【经典细读】

独卧寒斋听冷雨，千载孤愤笔底来

"你也说聊斋，我也说聊斋，喜怒哀乐一起那个都到那心头来。鬼也不是那鬼，怪也不是那怪，牛鬼蛇神它倒比正人君子更可爱。笑中也有泪，乐中也有哀……此中滋味，谁能解得开？"电视连续剧《聊斋》的主题曲曾家喻户晓，妇孺皆唱，但蒲松龄为什么要写妖狐鬼怪？为什么说"牛鬼蛇神它倒比正人君子更可爱"？他为谁流泪为谁哀？要解开这些疑问，我们先看看作者自己在《聊斋自志》（即《聊斋声异》自序）中怎么说的。

蒲松龄为《聊斋志异》写的这篇序言，体现了全书的创作旨趣，介绍了《聊斋志异》的创作缘起、成书过程、写作背景及创作意图，可以说是阅读《聊斋志异》的一把钥匙。但它又不是一般的泛泛介绍的文字，全篇贯串着一股孤愤不平之气，始而隐约其词，终致不可遏制，如江河决堤般汹涌而出："集腋为裘，妄续《幽冥》之录；浮白载笔，仅成《孤愤》之书。寄托如此，亦足悲矣！"而这股孤愤之气表达得如此婉曲而深刻，要归功于作者对典故的精心选取和巧妙化用。

序言开篇谈《聊斋志异》的写作缘起，自言是受屈原和李贺作品的启发，说他们的作品是"自鸣天籁，不择好音，有由然矣"。

　　"披萝带荔，三闾氏感而为骚。"语出屈原《九歌·山鬼》。山鬼即传说中的山林女神，她身披薜荔，腰束女萝，清新鲜翠，芳香袭人，在山隈间忽隐忽现，等待自己的心上人，最终所有的守候都成为不见人来的绝望——"风飒飒兮木萧萧，思公子兮徒离忧"（《九歌·山鬼》）。屈原笔下的芳草香木，往往被借用来表白自己美好高洁不与世俗同流合污的品行人格。屈原借美丽纯洁的山林女神追求爱情而不得的经历，感慨自己在现实中立身高洁却不被世人所容的遭际。

　　"牛鬼蛇神，长爪郎吟而成癖。"这是写李贺。杜牧在《〈李贺集〉序》中这样评价李贺的诗歌："……鲸呿（qū 张口）鳌掷，牛鬼蛇神，不足为其虚荒诞幻也。"大意是说，鲸张开巨口、神龟翻腾跳跃的气势，牛变鬼、蛇变神的传说，都不足以表现他诗歌的虚无缥缈、荒诞奇异。这一方面暗示《聊斋志异》的艺术风格类似于李贺，更重要的是让读者联想起李贺的遭遇及其诗歌的情感内涵。

　　李贺天才早熟，七岁时便写得一手好诗文，名动京城。受到韩愈赏识。有小人嫉妒李贺的才能，说其父名字"李晋肃"的"晋"跟进士的"进"同音，他若参加进士考试是犯"家讳"，结果李贺终身不得参加殿试考取功名，27岁郁郁而终。他的诗歌主要是抒发怀才不遇的悲愤，表达对黑暗现实的不满。

蒲松龄以这两个典故说明，屈原、李贺不选择取媚于世俗的"好音"，而是通过描写虚幻荒诞的鬼神世界，抒发郁积心中的孤愤不平之气，是情出于自然，我蒲松龄写《聊斋志异》，也是出于这个原因。想当年我少有才名，十九岁应童子试，考取县、府、道三个第一，却始终没有考上举人，还不是因为科场贿赂公行，考官有眼无珠，只熟悉八股滥调，不谙德业文章？致使我这栋梁之材只能靠做幕客和塾师维持生计，到七十一岁才援例成为贡生，"门庭之凄寂，则冷淡如僧；笔墨之耕耘，则萧条似钵"。我和屈子、李贺一样，一腔孤愤不吐不快！"天籁"就是自然发出的声音，就是无法压抑不能不发的声音，就是自由灵魂的呼叫。这里道出了《聊斋志异》创作的根本原因。

"松落落秋萤之火，魑魅争光；逐逐野马之尘，魍魉见笑。"这是在写自己的人生境况：我如亮光微弱的秋萤一样微不足道，却汲汲于追逐那如尘埃般的浮名虚利，连鬼都笑话我。自嘲中含有心酸，心酸中难掩愤激。这两句化用两个典故，其一出自晋裴启的《语林》：嵇康于夜间灯下弹琴，见一，鬼怪，于是将灯吹灭，说："耻与魑魅争光。"蒲松龄反用其意，以东晋名士嵇康的洒脱不俗自嘲热衷科举，追逐浮名。其二出自《南史·刘损传》："损同郡人有刘伯龙者，少而贫薄，及长，历位尚书左丞、少府、武陵太守，贫窭（jù，贫寒）尤甚。常在家慨然，召左右将营十一之方（原指十一税，后泛指经商营利），忽见一鬼在旁拊掌大笑。伯龙叹曰：

'贫穷固有命,乃复为鬼所笑也?'遂止。"成语"鬼笑伯龙"即出于此典,用来指人穷困窘迫。作者以刘伯龙自比,自嘲一无所长,穷困潦倒,为生计追逐蝇头小利。表面上,作者好像是借这两个典故自嘲,实际上另有深意。嵇康为"竹林七贤"的精神领袖,有奇才,风度非凡,重情重义,正直傲岸,不为世俗所拘,后因得罪权贵钟会,为其构陷而被司马昭处死。这样的人格风度是蒲松龄所仰慕的,这样的人生遭遇也是蒲松龄能与之共情的,"文章憎命达,魑魅喜人过。"(杜甫《天末怀李白》)而南朝的刘伯龙,官至太守,却"贫窭尤甚",竟让手下人给他出主意怎么做点小生意赚点养家糊口的钱,别说那些以权谋私发家致富的同僚笑话你,就连鬼都要笑话你啦!在他们看来,这样的太守何其痴愚!但在蒲松龄的心中,这样的太守何其可爱可敬又可贵!而让这样的太守陷于"贫窭尤甚"境地的政治体制难道不该诅咒吗?

接着作者又借干宝、苏轼的典故,记叙《聊斋志异》的成书过程。"才非干宝,雅爱搜神;情类黄州,喜人谈鬼。闻则命笔,遂以成编。"干宝是东晋的史学家,搜集古今神祇灵异、人物变化之事,创作《搜神记》,是魏晋志怪的代表。黄州代指苏轼,据宋代叶梦得《避暑录话》记载:"子瞻在黄州及岭表,每旦起,不招客相与语,则必出而访客……有不能谈者,则强之说鬼。或辞无有,则曰'姑妄言之'。于是,闻者无不绝倒,皆尽欢而后去。"东坡被贬黄州时,惆怅郁闷无聊,喜欢让人谈论鬼怪故事。别人讲不出鬼故事时,他还强迫别人讲,即使胡编也没关系,反正他爱听。蒲松龄

《次韵答王司寇阮亭先生见赠》中说:"十年颇得黄州意,冷雨寒灯夜话时。"意思是说这十年来,我对苏轼在黄州爱听鬼故事的心情颇能体会,于是在冷雨之中,借寒灯一盏,把收集来的鬼故事加工成书,来排解心中的苦闷孤寂。作者引用干宝和苏轼的典故,说明《聊斋志异》中的素材都是自己出于爱好搜集来的,但更是出于幽居无聊的无奈,以志怪手法表达怀才不遇之感,委曲讽刺现实之黑暗、公道之不彰。

从屈原到苏轼,作者思接千载,梦绕幽冥,让人们联想到典故背后的人物和故事,表达的是中国古代文化中一个共同的悲剧主题——孤愤。

值得注意的是,这些典故都与鬼魅有关,说明《聊斋志异》借鬼神幻异故事寄托情志的写作手法与此是一脉相承的。他们之所以喜欢写鬼魅世界,是因为在现实世界里,美丑曲直、黑白是非都是颠倒的,正如《说聊斋》歌词中所写:"牛鬼蛇神它倒比正人君子更可爱"。这样的手法把"孤愤"的主题表达得更为婉曲深刻。

而蒲松龄的"孤愤"更深一层的含义还在于:人间找不到知音,只能在阴冥世界寻求同调。"嗟乎!惊霜寒雀,抱树无温;吊月秋虫,偎栏自热。知我者,其在青林黑塞间乎!"因为清朝文字狱的残酷,使得同时代的人不能讲真话,他们对作者在《聊斋志异》中所寄托的"孤愤"之情讳莫如深,以正统自居的文人都嗤之以鼻,不屑一顾。就连好友也不能理解他,认为他的这种创作是"谈空""说鬼",影响举业的上进,劝他终止这种无益的劳动。

在这无边的孤寂中，作者多么渴望知音的出现，当得到文坛领袖王士禛的赞赏肯定时，他是多么的欣慰！当时王士禛得知此书，秉烛夜读，赞赏不已，在卷后题诗曰："姑妄言之姑听之，豆棚瓜架雨如丝。料应厌作人间语，爱听秋坟鬼唱时。"一语道破了作者的真正意图。蒲松龄读诗后，欣喜而感动，便和诗酬答曰："志异书成共笑之，布袍萧索鬓如丝。十年颇得黄州意，冷雨寒灯夜话时。"从柳泉"采风"到《聊斋》最后定稿，整整经过四十个寒暑，他把自己所饱尝的辛酸苦楚，遭受的冷眼嘲笑，都倾诉给了这位人间难得的知己。

更令蒲松龄欣慰的是，如今，他再也不用只在"青林黑塞"间寻觅知音了，人间到处在"你也说聊斋，我也说聊斋"，也都理解了他笑中的泪，乐中的哀，庄严中的玩笑，诙谐中的感慨！

《媭①砧课诵图》序

(清) 王拯

媭砧课诵图

《媭砧课诵图》者，不材拯官京师日②之所作也。拯之官京师，姊刘③在家奉其老姑④，不能来就弟养。今姑殁矣，姊复寄食宁氏姊于广州，阻于远行。拯自始官日，蓄志南归，以迄于今，颠顿荒忽⑤，琐屑自牵⑥，以不得遂⑦其志。

《姿砧课诵图》序

念自七岁时，先妣殁，遂来依姊氏。姊适新寡，又丧其遗腹子，茕茕独处。屋后小园，数丈余，嘉树荫之。树阴有屋二椽，姊携拯居焉。拯十岁后，就塾师学，朝出而暮归。比⑧夜，则姊恒执女红⑨，篝⑩一灯，使拯读其旁。夏苦热，辍夜课。天黎明，辄呼拯起，持小几就园树下读。树根安二巨石：一姊氏捣衣以为砧，一使拯坐而读。日出，乃遣入塾。故拯幼时，每朝入塾读书，所读书乃熟于他童。或夜读倦，稍逐于嬉游，姊必涕泣，告以母氏劬劳瘁死⑪之状，且曰："汝今弗勉学，母氏地下戚矣！"拯哀惧，泣告姊："后无复为此言。"

呜呼！拯不材，年三十矣。念十五六时，犹能执一卷就姊氏读，日惴惴于悲思忧戚之中，不敢稍自放逸。自二十出门，行身居业⑫，日即荒怠。念姊氏教不可忘，故为图以自警，冀使其身依然日读姊氏之侧，庶免其堕弃之日深，而终于无所成也。

道光二十四年甲辰秋九月。为之图者，陈君名铄，为余丁酉同岁生⑬也。

【注释】

① 媭（xū）：古代楚湘人称姐叫媭。

② 官京师日：在京城做官的时候。

③ 姊刘：嫁给刘家的姐姐。下文"宁氏姊"即嫁给宁家的姐姐。

④ 姑：婆婆。

⑤颠顿荒忽：颠沛困顿、神思不定的意思。荒忽，同"恍惚"。

⑥琐屑自牵：自己被一些零散细微的事所牵累。

⑦遂：实现，达成。

⑧比（bì）：等到。

⑨女红（gōng）：指妇女所从事的纺织、刺绣、缝纫等工作。红，同"工"。

⑨篝（gōu）：用灯罩罩着。

⑪劬（qú）劳瘁死：过度劳累而死。

⑫行身居业：在社会上立身行事。

⑬丁酉同岁生：1837年（丁酉年）同年（即同科考中的人）。

【译文】

《婴砧课诵图》，是我在京城任职时请人作的画。我在京城做官时，嫁给刘家的姐姐在夫家奉养她年老的婆婆，不能前来京城接受弟弟的供养。现在她婆婆去世了，姐姐又到广州寄居在嫁给宁氏的二姐家，这样来京城又受阻于远途难行。我从开始做官时，就一直有回归南方的想法，直到现在，颠沛困顿，心思不定，被许多琐碎的事情拖累，因而不能实现自己的心志。

我记得从七岁时母亲去世，就来投靠姐姐。姐姐恰巧刚刚守寡，又失去了自己的遗腹子，孤单单地生活。她家的屋后有个小园有几丈宽，茂盛的树木遮盖着它。在树木之后，

《婴砧课诵图》序

有屋两间,姐姐带着我居住在这里。我长到十岁以后,到私塾拜师求学,早上出门晚上归家。到夜里,姐姐就常常做针线活儿,点亮一盏小灯,让我坐在她的旁边读书。夏天屋内热得难受,就暂停了夜间的功课。一到天亮,她就叫我起床,让我拿了小凳子到小园树下进行早读。树根边安放了两个大石块,一块是姐姐捣衣用来作为砧板的,一块让我坐上面读书。到日出的时辰,就送我入私塾。因此我年幼时常常一早到私塾,诵读的内容就比其他儿童熟练。有时深夜读书疲倦了,我稍微贪求玩耍,姐姐一定流着泪把母亲劳累病死的情况告诉我,而且对我说:"你现在不努力学习,母亲在九泉之下是要悲伤的啊!"我悲伤至极,流着泪告诉姐姐,以后不要再说这个话了。

唉!无能的我现已30岁了。追忆十五六岁时,还能常常拿着书本在姐姐身边读书,每天生活在不安忧愁之中,不敢稍稍放纵自己。从20岁后离开家,在社会上做人办事,一天天就把学业荒废了,追想起姐姐的教诲不能忘记,因此我找人画这张图用来警诫自己,希望自己仍然像每天在姐姐身旁读书一样,或许可以避免自己的学业日益荒废导致最终的一事无成。

道光二十四年(甲辰年,即1844年)仲秋农历九月。画这幅图的人,是好友陈铄,他是我于道光十七年(丁酉年,即1837年)广西乡试中举的同年(即同届)生员。

>>> **【经典细读】**

于平淡处品深情

这是一篇画序,是叙述作《媭砧课诵图》一画的缘由及意图的。"媭"是古代的楚国方言中对姐姐的美称,"砧"即捣衣石。画题看起来很平淡,字面意思就是姐姐边在砧石上捣衣边督促作者做功课,实际上这里面暗含深情。

传说屈原之姊的名字叫"女媭",又《水经注·江水》中引袁山松:"(秭归)县北一百六十里有屈原故宅,……宅之东北六十里有女媭庙,捣衣石犹存。"画题中同时出现"媭""砧",或语出此典,有意将自己的姐姐比作屈原的姐姐,暗含对姐姐的敬慕感激之意。

平淡中蕴含浓浓的深情,是这篇画序的一大特点。这需要我们反复诵读并深入文本去体味。于平淡处品出厚意深情,是阅读经典的一项基本功。

首先,平淡的叙述中蕴含着对姐姐凄苦命运的共情与痛心。

作者没有刻意详细叙述姐姐的身世经历,但通过散落文中的寥寥数句,我们看到了一个命途多舛的旧中国女子形象。

先看文章第二段的叙述:"念自七岁时,先妣殁,遂来依姊氏。姊适新寡,又丧其遗腹子。"一个旧时代的弱女子,在需要父母护佑关爱的时候,却早早失去了他们;嫁人之后本可相夫教子,安静度日,谁料丈夫英年早逝;雪上加霜的是,姐姐的唯一希望——他们的遗腹子,又不幸夭折!作者在叙述这些时,没有浓墨重彩地渲染,也没有抒情评议,只是客观叙述,用笔极简,但正是这简极淡极的文字,勾勒出一个女人一生所遭受的所有大不幸与大苦难。寥寥二十三字,字字沉痛,声声含泪。

再看开头交代姐姐"不能来就弟养"的原因——"奉其老姑,不能来就弟养"。丧夫失子之痛对一个女子的打击是致命的,她有足够的理由"躺平"不起。但,这个姐姐不仅不能"躺平",她还要站起来,扛起独力奉养婆母的重担!没有其他生活来源,只靠女红,艰难辛苦可想而知。"今姑殁矣,姊复寄食宁氏姊于广州。"婆母去世后,又无夫无子,按族规即丧失了居住权,无处寄身,万般无奈又寄食于嫁到广州宁家的妹妹家,寄人篱下,内中滋味是何等苦涩!

其次,简洁的白描中饱含着对姐姐抚育之恩的深深感念。

围绕画题中心,作者聚焦生活中的几个小镜头简笔勾勒,生动传神。

镜头一:居处。"屋后小园,数丈余,嘉树荫之。树阴有屋二椽，姊携拯居焉。"一方小小的园子，绿树浓荫掩映着两间小屋，环境清凉幽静，这就是姐弟俩的栖身之处。"树"曰"嘉树"，或有寄意。"嘉树"在古代寓有美好高洁或成才有用之意，这里既有作者童年的美好记忆，还有姐姐对弟弟的殷殷期望。此景如画，镌刻在作者的脑海里。

镜头二：课读。"比夜，则姊恒执女红，篝一灯，使拯读其旁。夏苦热，辍夜课。天黎明，辄呼拯起，持小几就园树下读。树根安二巨石：一姊氏捣衣以为砧，一使拯坐而读。日出，乃遣入塾。"不知有多少个冬日的夜晚，姐姐做着针线活，慈爱的眼光不时落在一旁读书的弟弟身上，昏黄的灯光弥散出温暖的气息；不知有多少个夏日的清晨，姐姐轻声唤醒甜睡的弟弟，一手提着小桌子，一手拉着揉着睡眼的弟弟去学堂。清凉的绿荫下，两方光滑的青石，姐姐在石上捣衣，弟弟在另一石上伏几读书。往事如梦，萦绕在作者的记忆中。

镜头三：泣告。"或夜读倦，稍逐于嬉游，姊必涕泣，告以母氏劬劳瘁死之状，且曰：'汝今弗勉学，母氏地下戚矣！'拯哀惧，泣告姊：'后无复为此言。'"一旦弟弟疲倦懈怠，姐姐的教育方式不是严责怒斥，而是执弟之手，泪流满面，劝告弟弟不要让劳累病死的母亲在地下难过，于是姊弟相对而泣。殷殷告诫，回响在作者的耳畔。

鲁迅在《作文秘诀》中这样定义"白描"："有真意，去粉饰，少做作，勿卖弄。"作者对这几个生活镜头的描写，质朴简洁，不加渲染、烘托，却能生动传神，催人泪下，其"秘诀"就在于"有真意"。就像一位天生丽质的女子，洗尽铅华，更有一番天然的韵味。

本色是最好的化妆品，而真情是最妙的修辞法。

《老残游记》序
（清）刘鹗

婴儿堕地，其泣也呱呱；及其老死，家人环绕，其哭也号啕。然则哭泣也者，固人之所以成始成终也。其间人品之高下，以其哭泣之多寡为衡。盖哭泣者，灵性之现象也，有一分灵性即有一分哭泣，而际遇之顺逆不与①焉。

马与牛，终岁勤苦，食不过刍秣②，与鞭策③相终始，可谓辛苦矣；然不知哭泣，灵性缺也。猿猴之为物，跳掷于森林，厌④饱乎梨栗，至逸乐也，而善啼；啼者，猿猴之哭泣也。故博物家云：猿猴，动物中性最近人者，以其有灵性也。古诗云："巴东三峡巫峡长，猿啼三声断人肠。"其感情为何如矣！

灵性生感情，感情生哭泣。哭泣计有两类：一为有力类，一为无力类。痴儿呆女，失果即啼，遗簪亦泣，此为无力类之哭泣；城崩杞妇之哭⑤，竹染湘妃之泪⑥，此为有力类之哭泣也。而有力类之哭泣又分两种：以哭泣为哭泣者，其力尚弱；不以哭泣为哭泣者，其力甚劲，其行乃弥远也。

《离骚》为屈大夫之哭泣，《庄子》为蒙叟⑦之哭泣，《史记》为太史公之哭泣，《草堂诗集》为杜工部之哭泣；李后主以词哭,八大山人⑧以画哭;王实甫寄哭泣于《西厢》,曹雪芹寄哭泣于《红楼梦》。王之言曰:"别恨离愁,满肺腑难陶泄⑨。除纸笔代喉舌,我千种相思向谁说?"曹之言曰:"满纸荒唐言,一把辛酸泪。都云作者痴,谁解其中意?"名其茶曰"千芳一窟"、名其酒曰"万艳同杯"者:千芳一哭,万艳同悲也。

吾人生今之时,有身世之感情,有家国之感情,有社会之感情,有种教⑩之感情。其感情愈深者,其哭泣愈痛:此鸿都百炼生所以有《老残游记》之作也。

棋局⑪已残,吾人将老,欲不哭泣也得乎?吾知海内千芳,人间万艳,必有与吾同哭同悲者焉!

【注释】

①与(yù):参与,干涉,引申为关联。

②刍秣(chú mò):草料。

③鞭策:马鞭子。

④厌:通"餍",吃饱,满足。

⑤城崩杞(qǐ)妇之哭:杞妇,指杞梁之妻。传说齐大夫杞梁随齐侯伐莒国,死于莒国城下,其妻前往寻夫,枕尸痛哭,十日城崩。

⑥竹染湘妃之泪:湘妃,即湘夫人,舜的妃子。相传舜死后,湘妃啼哭,泪洒竹枝,是为斑竹。

⑦蒙叟:庄周,自号蒙叟,著《庄子》。

⑧八大山人:朱耷(dā),明末清初的著名画家,自号

八大山人。

⑨陶泄：发泄、排遣。

⑩种教：种族和宗教。

⑪棋局：比喻当时的社会局势。

【译文】

婴儿落地，他会呱呱而哭；等到他年老死去，家里人围绕在他身边，则会号啕大哭。这样看来，哭泣是要伴随人一生的。其间人品的高低，以他哭泣的多少为衡量的标准。哭泣是灵性的表现，有一分灵性就有一分哭泣，与处境遭遇的好坏没有关系。

马与牛，终年辛勤劳苦，吃的不过是些草料，一直在人的鞭打下度日，称得上是辛苦了，然而不会哭泣，是因为它们缺少灵性。猿猴这种动物，在深林中跳跃，用梨栗类的果子填饱肚子，是它们最为快乐的事，但它们却善于啼叫；啼叫，是猿猴的哭泣。所以，博物学家说，猿猴是动物中最接近人类的。就因为它们是具有灵性的。古诗说："巴东三峡巫峡长，猿啼三声断人肠。"它们的感情是多么丰富啊！

灵性产生感情，感情产生哭泣。哭泣可以分成两类：一类为有力的哭泣；一类为无力的哭泣。那些痴儿傻女，丢了果子便哭，掉了簪子也哭，这是无力类的哭泣。而把城墙哭倒的杞梁之妻的哭，泪染斑竹的湘妃的哭，才是有力类的哭泣。有力类的哭泣又分成两种：为哭泣而哭泣的，其力量较弱；不为哭泣而哭泣的，它的力量十分强大，它的作用也更为深远。

《离骚》是三闾大夫屈原的哭泣,《庄子》是蒙叟庄周的哭泣,《史记》是太史公司马迁的哭泣,《草堂诗集》是杜工部杜甫的哭泣;李后主李煜以词哭泣,八大山人朱耷以画哭泣;王实甫寄哭泣于《西厢记》,曹雪芹寄哭泣于《红楼梦》。王实甫在《西厢记》中写道:"别恨离愁,充满肺腑,难以宣泄。如果不用纸笔代替喉舌,我千种思绪去向谁诉说?"曹雪芹在《红楼梦》中写道:"满纸荒唐言,一把辛酸泪;都云作者痴,谁解其中意?"在小说中,他把茶称作"千方一窟",把酒叫作"万艳同杯",其意是说千芳一哭,万艳同悲。

我们生活在现在这样的时代,有个人身世引发的感情,有对家庭、国家的感情,有对这个社会的感情,有对种族、宗教的感情。其感情越深,哭泣就越悲痛;这就是我鸿都百炼生写作《老残游记》的原因。

时局已残破不堪了,我们这些人也将要老去,想要不哭泣,能吗?我知道海内的"千芳",人间的"万艳"之中,一定会有与我一起哭一同悲的人!

>>> 【经典细读】

一寸丹心忧国运，满纸清泪哭民生

  要问《老残游记》是一部什么书，作者刘鹗在这篇自序里告诉你：这是一部充满哭泣的书。"棋局已残，吾人将老，欲不哭泣也得乎？"

  泪水是软弱的象征，男儿有泪不轻弹，这是老祖宗传下来的古训。但刘鹗对眼泪有更深刻的见解。他认为哭泣是灵性的表现，"灵性生感情，感情生哭泣"；甚至以哭泣多少来判断人品高下，人性至贵是眼泪，此事不关顺与逆；他看不上为一己之私患得患失的无力之哭泣，肯定为真情为大义的有力之哭泣，尤其提倡"以文为哭泣"，认为"其力甚劲，其行乃弥远也"。这一文学观是他创作《老残游记》的直接动因——"吾人生今之时，有身世之感情，有家国之感情，有社会之感情，有种教之感情。其感情愈深者，其哭泣愈痛：此鸿都百炼生所以有《老残游记》之作也"。

  "以文为哭泣"创作观的发展与传承，可以追溯到春秋时代。孔子的"诗……可以怨"，应该说是这一理论主张的滥觞。《庄子》的嬉笑怒骂中饱含着作者走投无路无可奈何的热泪，《离骚》中萦绕着屈原"长太息以掩涕兮，哀民生之多艰"的哭声。司马迁作《史记》是因为"意有所郁结，不得通其道"，于是"退而论书策，以舒其愤，思垂空文以自见"。杜甫1400多首诗中，随处有眼泪，随时闻哭声：他为国家社稷哭——"向来忧国泪，寂寞洒衣巾"（《谒先主庙》）；他为黎民百姓哭——"已诉征求贫到骨，正思戎马泪盈巾"（《又呈吴郎》）；他为自己无力回天而哭——"出师未捷身先死，长使英雄泪满襟"。亡国破家之痛让李后主的泪汇成"一江春水向东流"，让八大山人的画"墨点不多泪点多"。《西厢记》是王实甫为难成眷属的天下有情人流下的同情哀婉之泪，《红楼梦》是曹雪芹为大厦将倾、繁华如梦、美好易逝的人生悲剧而倾洒的"一把辛酸泪"……

美国女作家奥尔科特在她的小说《小妇人》中说："眼因流多泪水而愈益清明，心因饱经忧患而愈益温厚。"大师们的作品之所以"其力甚劲，其行乃弥远也"，一是因为他们超出常人的饱经忧患的人生经历；二是因为他们对国家对人类饱含深情，"为什么我的眼里常含泪水？因为我对这土地爱得深沉……"（艾青《我爱这土地》）

那么，刘鹗有着怎样的人生经历？他在《老残游记》中又是为谁而哭呢？

早年科场不利，转而行医和经商，曾一度在扬州悬壶济世，《老残游记》中那个"摇个串铃"浪迹江湖、不入宦途、忧国忧民、是非分明、侠胆义肠的郎中老残，就是他自己的化身。他曾帮办治黄工程，成绩显著。刘鹗生逢封建社会末世，对残败腐朽的政治局势感到不安和悲愤，要求澄清吏治，反对"苛政扰民"。他主张实业救国，借用外国资本兴办实业，筑路开矿。他为"教养天下"，向八国联军购太仓储粟以赈北京饥困。他怀抱济世救民、挽大厦于将倾之志，却因不被理解而谤满天下，最后被诬陷，清廷以"私售仓粟"罪把他充军新疆，次年死于乌鲁木齐。

饱经忧患让刘鹗的忧愤更加深广，"吾人生今之时，有身世之感情，有家国之感情，有社会之感情，有种教之感情。其感情愈深者，其哭泣愈痛"。那么，他为谁而哭？

他为自己的救国济民之志无法实现而哭。风雪之夜，老残想到国家正是多事之秋，百事俱废，自己这样一年一年地瞎混下去，如何是个了局呢？"不觉滴下泪来"。

他为在水深火热中挣扎的百姓而哭。看到在寒风中瑟瑟发抖的老鸦，老残想到曹州府的百姓动不动就被暴虐的"父母官"提了去当强盗，用站笼站杀，吓得连一句话也说不出来，于饥寒之外，又多一层惧怕，"不觉落下泪来"。

他为国家无可救药的末世危局而哭。他借老残的梦，把国家比作漂泊于大海之上、已被破坏、没有方向的一艘大船，平民百姓浑浑噩噩，大小官吏巧取豪夺，争权夺利，革命者把"最准的向盘"送给"船主"，却被当作洋人的汉奸沉入海中。老残救世的热情，也被沉入海中，他为此而"垂泪"。

刘鹗的泪，是伤感的泪，是同情的泪，是愤恨的泪！

李贽在《〈忠义水浒传〉序》中说："古之贤圣，不愤则不作矣。不愤而作，譬如不寒而颤，不病而呻吟也，虽作何观乎？"韩愈《送孟东野序》中也表达了类似的观点："大凡物不得其平则鸣……人之于言也亦然，有不得已者而后言。其歌也有思，其哭也有怀。"这两段文字道出了"以文为哭"创作观的心理动因。"意有所郁结"，不得不发，其感情才能真挚深沉撼动人心，而非"为赋新词强说愁"的无病呻吟。哭泣是灵性的表现，眼泪是情感的结晶，用泪水写出的文字就像是血管里流出的血，带着情感的温度、思想的深度，流进读者的心里，化作精神的滋养。

  刘鹗以《老残游记》为哭，"其力甚劲，其行乃弥远也"，百年以来，海内人间，与之同哭同悲者何止千万！

书山有路序为径

序（跋）是一部书不可分割的组成部分，如果一部书是蕴藏着宝藏的大山，它就是引领我们去探寻宝藏最便捷最可靠的秘密通道。

序（跋）作为一种文体，其基本任务是概述一部书的主要内容、写作动机、写作背景及阅读体会。写于书前的称"序"或"叙"，明代徐师曾在《文体明辨·序说》中解释说："《尔雅》云：'序，绪也。'字亦作'叙'，言其善叙事理，次第有序，若丝之绪也。"有时也称作序言、题记、题词、弁言、前言、引，等等。置于书后的称"跋"，有时也称"后序""后记""题跋""跋尾"，等等，如李清照《金石录后序》、文天祥《指南录后序》等即属此类。序（跋）有作者的自序（跋）和旁人写的。一般来说，序是对全书的总体说明，跋则主要是抒发感慨，内容也较灵活，或抒情，或考订，或议论，长短不拘，两者相同之处是都要对作品做出精确的鉴别和价值判断，都要有独到精辟的见解。

从文体的流变来看，序早于跋。古代的书序不在书前，而是在书后。《史记》一百三十卷，其最末一卷为《太史公自序》；《汉书》一百卷，作者班固的《叙传》也在最末一卷；

刘勰为《文心雕龙》撰写的《序志》也在全书最后一篇。这是因为在那时的书籍大多以一篇为一个单位装订，阅读不受原著篇目先后顺序的限制，书序在前在后对阅读没有什么影响。但后来书籍有了册页装订，固定了篇目的先后顺序，为了便于阅读，便把序放到书前。如扬雄的《法言》，其"序旧在卷后，司马公集注，始置之篇首"（宋·王应麟《困学纪闻》卷十）；又如李清照《<金石录>后序》、文天祥《<指南录>后序》等特冠以"后序"二字，说明到宋代，前序与后跋的风气已经形成。

  宋代王应麟《辞学指南》中说："序者，序典籍之所以作。"通常我们所说的序（跋）是书序（跋），即对著作、诗文集或书画进行介绍说明的文字。

  本单元选了七篇书序。这些书序（跋），能帮助读者了解原书创作的具体背景和作者的真实意图，带我们走进作者的心灵世界，如孟元老的《〈东京梦华录〉自序》是作者在国破家亡、流落江南后，追述自己亲身经历的汴京城的昔日繁华，在追忆中寄寓着浓浓的感伤之情和忧患意识；张岱的《〈陶庵梦忆〉序》叙述作者在明代覆亡后的生活变迁及对昔日生活的追忆怀恋，自嘲、自悔、自伤之情毕现；李清照的《〈金石录〉后序》叙说他们夫妇个人生活、家庭背景、乱世遭际及文物流失的过程，再现了北宋末年动荡时代的真实境况，抒发文物得之难、失之易之感及乱世飘零之痛；文天祥的《〈指南录〉后序》追叙了作者抗辞犯敌、辗转逃亡、九死一生的历险经历，凸显了作者历经磨难而始终不渝的爱国精神。由于这些书序都是自序，类似于回忆性散文，因此成为研究作者生平史实及作品的第一手资料，具有不可取代的史料价值。

另外，有的书序往往含有序作者深刻独到的文学见解和美学观点。如《〈毛诗〉序》提出的"诗言志""止乎礼义，发乎情"的诗歌理论，是对先秦儒家诗论的概括总结；蒲松龄的《〈聊斋志异〉自序》将"孤愤之情"引入小说创作，体现了进步的文学观；刘鹗的《〈老残游记〉序》提出"其感情愈深者，其哭泣愈痛"，将"哭泣"这一生理现象提升到文化审美的高度。通过阅读这些书序，我们可以了解我国文学创作理论的源头及传承与发展。

除书序外，还有两种类型的序，即赠别序和宴集序。

赠别序，是古人在亲朋师友离别之际赠文以示推重赞许、劝勉嘱托的文字，清代姚鼐编《古文辞类纂》把这类文章单独列出，称为赠序类。姚鼐认为，赠序文跟一般诗文序性质上是不同的，是古代"君子赠人以言"的遗意，意在"致敬爱，陈忠告之谊也"（姚鼐《古文辞类纂》）。宋濂的《送东阳马生序》，就是有名的赠别序。韩愈《送董邵南游河北序》更是赠序中的名篇，文章不长，但寓意深远，措辞曲折，含蓄有致。

宴集序，顾名思义是为宴会上的即兴之作写的序。古代文人雅士每于良辰佳节之际，集会宴饮，临觞赋诗，诗成后公推一人作序，写盛会的场面和宴饮之乐，如，王羲之的《兰亭集序》，李白的《春夜宴从弟桃花园序》，石崇《金谷诗序》

等。此类序既不专为诗而作,也与赠序性质不同。赠序是赠人以言,序以记之;而宴集序则往往宴集赋诗,序以引之。撰序之人文完诗成,与会诸人再作唱和。如,李白的《春夜宴从弟桃花园序》结尾写"不有佳咏,何伸雅怀?如诗不成,罚依金谷酒数",即是此意。

  本辑精选了十篇古代序(跋)文,所选文章皆为思想和艺术兼美的传世名篇,在文学史上都有较高的价值,或其作者是文学大家,或所序跋之书是历史名著,或在创作理论上有独特的见解,且大多是精美的短篇。目的是希望借此让大家多了解一点古代序(跋)类的有关知识,更希望以此作为"路引",引导大家走进经典名著深处去游历去探奇。

黄冈竹楼记

(宋)王禹偁

黄冈之地多竹,大者如椽,竹工破之,刳①去其节,用代陶瓦。比屋②皆然,以其价廉而工省也。

子城西北隅,雉堞圮毁③,蓁莽荒秽,因作小楼二间与月波楼通。远吞④山光,平挹江濑⑤,幽阒辽夐⑥,不可具状。夏宜急雨,有瀑布声;冬宜密雪,有碎玉声;宜鼓琴,琴调虚畅;宜咏诗,诗韵清绝;宜围棋,子声丁丁⑦然;宜投壶⑧,矢声铮铮然:皆竹楼之所助也。

公退⑨之暇,被鹤氅衣,戴华阳巾⑩,手执《周易》一卷,焚香默坐,消遣世虑。江山之外,第⑪见风帆沙鸟,烟云竹树而已。待其酒力醒,茶烟歇,送夕阳,迎素月,亦谪居之胜概⑫也。彼齐云、落星,高则高矣;井幹、丽谯,华则华矣。止于贮妓女,藏歌舞,非骚人⑬之事,吾所不取。

吾闻竹工云:"竹之为瓦,仅十稔⑭,若重覆之,得二十稔。"噫!吾以至道乙未岁,自翰林出滁上⑮,丙申移广陵,丁酉又入西掖⑯,戊戌岁除日有齐安之命⑰,己亥闰三月到郡。四年之间,奔走不暇,未知明年又在何处,岂惧竹楼之易朽乎!幸后之人与我同志⑱,嗣⑲而葺之,庶⑳斯楼之不朽也!

咸平二年八月十五日记。

【注释】

①刳（kū）：削剔，挖空。

②比屋：挨家挨户。比，紧挨，靠近。

③雉堞（dié）圮（pǐ）毁：城上矮墙倒塌毁坏。雉堞，城上的矮墙。圮毁，倒塌毁坏。

④吞：容纳，这里有一览无余之意。

⑤平挹（yì）：平，平视。挹，舀取。指把江色尽收眼底。江濑（lài）：江上湍急的水流。

⑥幽阒（qù）辽敻（xiòng）：幽静辽阔。幽阒，清幽静寂。敻，远，辽阔。

⑦丁丁（zhēng）：形容棋子敲击棋盘时发出的清脆悦耳之声。

⑧投壶：古人宴饮时的一种游戏。以矢投壶中，投中次数多者为胜。胜者斟酒使败者饮。

⑨公退：办完公事，退下休息。

⑩华阳巾：道士所戴的头巾。

⑪第：但，只。

⑫胜概：佳境。

⑬骚人：屈原曾作《离骚》，故后人称诗人为"骚人"，也指风雅之士。

⑭稔（rěn）：谷子一熟叫作一稔，引申指一年。

⑮至道乙未岁，自翰林出滁上：995 年（宋太宗至道元

年），作者因讪谤朝廷罪由翰林学士贬至滁州。

⑯入西掖：指回京复任刑部郎中知制诰。西掖，中书省。

⑰齐安之命：被贬到黄州的命令。宋时黄冈为黄州齐安郡。

⑱同志：志同道合。

⑲嗣：接续，继承。

⑳庶：表示期待或可能。

【译文】

黄冈这地方盛产竹子，大的粗如椽子。竹匠剖开它，削去竹节，用来代替陶瓦。家家户户房屋都是这样，因为竹瓦价格便宜而且又省工。

子城的西北角上，矮墙毁坏，长着茂密的野草，一片荒芜，于是我就地建造两间小竹楼，与月波楼相连接。（登上竹楼）远眺可以尽览山色，平视可把江滩碧波尽收眼底。那清幽静谧、辽阔绵远的景象，实在无法一一描述。夏天适合下急雨，（人在楼中）如闻瀑布声；冬天适合降大雪，好像碎琼乱玉的敲击声；这里适宜弹琴，琴声清虚和畅；这里适宜吟诗，诗韵清雅绝妙；这里适宜下棋，棋子声清脆悦耳；这里适宜投壶，箭镞铮铮有声。这些都是竹楼所促成的。

办完公务后的空闲时间，我披着鹤氅，戴着华阳巾，手执一卷《周易》，在竹楼中焚香默坐，排除世俗杂念。这里江山形胜之外，但见轻风扬帆，沙上禽鸟，烟笼竹树而已。等到酒醒之后，茶炉的烟火已经熄灭，送走落日，迎来皓月，这也是谪居生活中的最佳境界了。那齐云、落星两楼，说高大算是高大的了；井幹、丽谯两楼，论华丽也算是华丽了，可惜只是用来蓄养妓女，安顿歌儿舞女，不是诗人的风雅所为，我是不效仿的。

我听竹匠说："竹制的瓦只能用十年，如果铺两层，能用二十年。"唉，我在至道元年由翰林学士被贬到滁州，至道二年调到扬州，至道三年重返中书省，咸平元年除夕又接到贬往齐安的调令，今年闰三月来到齐安郡。四年当中，奔波不息，不知道明年又在何处，我难道还怕竹楼容易朽坏吗？希望接任我的人与我志趣相同，继续修缮它，那么这座竹楼就不会朽烂了。

咸平二年八月十五日撰记。

>>> 【经典细读】

雅趣幽怀寄竹楼

古往今来,在世俗社会中经受挫折、郁郁不得志而又不愿随波逐流的文人志士,总会给自己的心灵选择一个合适的安放之处:陶渊明选择了南山,采菊种豆;柳宗元选择了西山,与万化冥合;欧阳修选择了醉翁亭,与民共享山水之乐。别有怀抱之人与特定之地、特定之物仿佛有一种奇妙的缘分,一旦相遇就像久别的知己,情趣相投,契合无间,"相看两不厌"。

北宋著名文学家王禹偁被贬为黄州刺史后,遇到了黄冈的茂林修竹,修建了竹楼,并作《黄冈竹楼记》。

读《黄冈竹楼记》,一缕清雅绝尘之气袅袅氤氲开来,心中的俗想杂念被洗涤一空,顿觉空明澄澈,清韵悠然。这清风雅韵是王禹偁孤标高洁的人格与竹子那凛凛有节的君子之风相遇相合而生发的,"金风玉露一相逢,便胜却人间无数"。

在中国传统文化中,竹是理想人格的象征:杨万里称赞其正直高洁——"凛凛冰霜节,修修玉雪身"(杨万里《咏竹》),郑板桥赞美其洁身自好——"我自不开花,免撩蜂与蝶"(郑板桥《竹》),苏东坡把它当作芳邻挚友——"宁可食无肉,不可居无竹。"(苏轼《于潜僧绿筠轩》)。

王禹偁则把这中国文人士大夫的风骨雅韵寄寓于黄冈竹楼。

作者始终围绕竹楼这一中心意象来写景抒怀,并紧紧扣住"竹"的特性进行拓展挖掘。

作者对竹楼的位置环境是经过精心选择的——子城西北已坍圮的、杂草丛生的城墙处。这里远离尘世喧嚣的清幽寂静,恰恰契合作者被贬后的惆怅落寞隐逸出世的心境;这里"与月波楼通",视野开阔,可以让作者尽情拥抱山水,放牧心灵。

接下来作者描写只有在竹楼中才可以领略到的清韵雅致。

先写竹楼所见:"远吞山光,平挹江濑,幽阒辽夐。"朦胧如黛的隐隐远山,俯身可掬的汤汤江水,辽远的天地,静默的作者,还有静默的竹楼:一幅苍茫辽远清幽寂静的写意山水图。此种意境,"不可具状",妙处难与君说,撩起读者无尽想象。

次写竹楼所闻。"夏宜急雨,有瀑布声;冬宜密雪,有碎玉声"这是天籁之音,两个"宜"字,是相对于"竹"楼来说的,夏日急雨和冬日密雪,只有触在这冰节玉身的竹瓦上,才会发出飞珠溅玉般的瀑布声和清脆雅净的碎玉声,这美妙的天籁之音,衬托得竹楼越发清雅静谧。"宜鼓琴,琴调虚畅；宜咏诗，诗韵清绝；宜围棋，子声丁丁然；宜投壶，矢声铮铮然"，这是竹楼中的君子雅士们娱乐活动发出的声音。这里又连用四个"宜"字，其一，是强调只有在"竹"楼里才配得上鼓琴、咏诗、围棋、投壶这些风雅之事，其二，意在说明只有经过了竹楼的过滤各种声音才具有清雅绝俗的韵味。

于是，竹瓦上瀑布般的雨声、雪花飘落的细音，竹楼内清畅的琴声、清绝的咏诗声、清脆的棋子声、清亮的投壶声，种种清音雅韵，"皆竹楼之所助也"，而竹楼主人超脱尘俗、恬淡高雅的生活情趣也寄寓其中。南宋文学家朱弁在《曲洧旧闻》中写道："王元之在黄州日，作《竹楼》与《无愠斋记》，其略云：'后人公退之余，召高僧道士烹茶炼药则可矣。若易吾斋为厩库厨传，则非吾徒也。'"可谓知者。

以上写竹楼群聚之雅趣，接着写竹楼独处之逸致。"被鹤氅，戴华阳巾，手执《周易》一卷，焚香默坐，消遣世虑。"这隐逸出世遗世独立的仙风道骨，与远离尘世的江边竹楼融为一体，"消遣世虑"是作者修建竹楼的深层原因。在这样清幽寂静的竹楼中，宜默读《周易》，读懂天道的奥秘；宜静观美景——苍茫江面上的风帆一片，天空中的沙鸟几点，岸边烟云中的竹树数竿；宜陶醉于酒香茶色中，送夕阳西下，迎素月破云。于是"世虑"为之烟消云散，胸怀因之澄澈开阔。作者以那些帝王名楼的高华富丽来反衬竹楼的朴素清雅，以权贵佞臣的浮华荒淫反衬竹楼主人的清雅高洁，褒贬弃取中饱含着对名楼权贵的轻蔑和对竹楼雅居的自得，"斯为陋室，惟吾德馨"。

最后一段，又回到竹楼本身。听了竹工关于竹楼寿命的话，作者历历细数自己数年频繁迁徙的履历，如风中柳絮，水上浮萍——"未知明年又在何处，岂惧竹楼之易朽乎？"令人读之怆然泪下。竹楼易朽易毁，斯人命途多舛，"同是天涯沦落人，相逢何必曾相识"！作者对竹楼易朽的惋惜，也是对自己仕途坎坷的伤叹。

可贵的是，作者失意而不失望，寂寞而不颓废，他相信未来会有志同道合之人，也会像他一样钟爱这遗世独立的竹楼，"嗣而葺之"，使其不朽。文字由实而虚，意味深长：竹楼易朽，但蕴含其中的人格精神却是永恒的！

文章以竹楼起，以竹楼结。这黄冈竹楼，是作者洁身自好的人格和清雅脱俗的情趣的载体，是作者苦闷心灵聊以栖居的精神家园，竹楼已朽，清韵犹在；斯人已逝，风骨长存！

木假山记

（宋）苏洵

木之生，或蘖①而殇②，或拱③而夭；幸而至于任为栋梁，则伐；不幸而为风之所拔，水之所漂，或破折或腐；幸而得不破折不腐，则为人之所材④，而有斧斤之患。其最幸者，漂沉汩⑤没于湍沙之间，不知其几百年，而其激射啮食之余，或仿佛⑥于山者，则为好事者取去，强⑦之以为山，然后可以脱泥沙而远斧斤。而荒江之濆⑧，如此者几何，不为好事者所见，而为樵夫野人⑨所薪⑩者，何可胜数？则其最幸者之中，又有不幸者焉。

予家有三峰。予每思之，则疑其有数⑪存乎其间。且其孽而不殇，拱而不夭，任为栋梁而不伐，风拔水漂而不破折不腐，不破折不腐而不为人之所材，以及于斧斤，出于湍沙之间，而不为樵夫野人之所薪，而后得至乎此，则其理似不偶然也。

然予之爱之，则非徒爱其似山，而又有所感焉；非徒爱之，而又有所敬焉。予见中峰，魁岸踞肆⑫，意气端重，若有以服⑬其旁之二峰。二峰者，庄栗刻削⑭，凛乎不可犯，虽其势服于中峰，而岌⑮然绝无阿附意。吁！其可敬也夫！其可以有所感也夫!

【注释】

①蘖(niè):树木的嫩芽,这里用作动词,长出嫩芽。

②殇(shāng):未成年而死。

③拱:指树有两手合围那般粗细。

④材:认为是有用之材。

⑤汩(gǔ)没:沉没。

⑥仿佛:类似。

⑦强(qiǎng):使用强力,引申为加工之意。

⑧濆(fén):水边高地。

⑨野人:村野之人,农民。

⑩薪:当作木柴(砍伐)。

⑪数:指非人力所能及的偶然因素,即命运、气数。

⑫魁岸踞肆:魁(kuí)岸,强壮高大的样子。踞(jù)肆,傲慢放肆,文章形容"中峰"神态高傲舒展,踞,同"倨",肆,无所忌讳。

⑬服:使……佩服。

⑭庄栗(lì)刻削:庄重谨敬,峻峭挺拔。栗,通"慄",谨慎,戒惧。

⑮岌(jí)然:高耸的样子。

【译文】

树木生长的时候,有的刚出嫩芽就死了,有的长到两手合围的时候也死了。有的有幸长成可以用作栋梁的时候,就被锯掉了。还有一些不幸被大风拔起,被水冲走了,有的被劈开折断了,有的烂掉了;有的很幸运没有被折断,也没腐烂,人们认为它是有用之材,最终还是遭受到斧头砍伐的灾祸。其中最幸运的,是在急流和泥沙之中被埋没,经过几百年的时间,受到水浪冲击蛀虫啮蚀之后,形成了类似山峰一样的形状,于是被喜爱它的人拿去制成了假山,从此它就可以脱离泥沙的冲击,免遭斧砍刀削的灾难了。但是,在荒僻的江边滩头上,能够这样幸运的木头能有多少?不被对它们感兴趣的人发现,而是恰好被樵夫农民当作木柴砍伐了,(这样的情况)哪能够数得过来呢?那么在这最幸运的树木中,不知又有多少不幸的木头呢。

我家有一座长着三个峰头的木假山。每当我想到它,总觉得其中似乎有一种命运在起作用。并且它在发芽抽条的时候没死,在长成两手合抱粗细的时候也没死,可用作栋梁却没有被砍伐,被风拔起后在水中漂浮却没有折断也没烂掉,没有折断也没烂掉却未被人当作材料而遭受斧头的砍伐,而是从急流泥沙之中出来,没有被种田的人当作柴火烧了,最终到了我的手里,那么这里面的天数似乎不是偶然的啊。

但我之所以喜爱木假山,不仅仅是喜爱它的形状像山,而且还对它的形态有一些感慨;不仅喜爱它,对它我还含有一种敬意。看它的中峰,姿态魁梧奇伟,神情高傲舒展,意态端正庄重,好像有一种无形的力量使它旁边两峰顺服它似的。旁边的两座山峰，神态庄重谨慎，威严挺拔，一副凛然不可侵犯的样子。虽然它们处在服从于中峰的地位，但那高耸挺立的神态，没有一点儿逢迎、附和的意思，唉！这木假山，真是令人肃然起敬啊！真是让我不由得有所感慨啊！

>>>【经典细读】

托物抒怀，寄寓深远

木假山是苏洵家中一件精美的木雕艺术品。

开篇写木假山的形成过程，历数了树木在生长过程中的种种厄运，层层推进，曲折有致：有的刚刚发芽就过早地死去；有的刚长到两手合围那般粗细便被砍伐；有的有幸成材，又被采伐者砍去；那些不幸被风拔掉被水冲走的，破折的破折，腐朽的腐朽；幸而没有折断和腐烂的，则被人们砍去作为房梁做成家具；那些最幸运的，被激流河沙冲没雕蚀几百年，有的形状类似于山，被有眼光的好事者取去，加工成木假山，方可免除泥沙淹没的厄运，也可远避刀斧之灾了。然而，这只是小概率事件。在那荒僻的江边，大部分都是些不识货的樵夫野人，他们眼里哪有艺术品，只有一堆可供烧火做饭的木柴罢了！作者不禁发出了"则其最幸者之中，又有不幸者焉"的慨叹。

作者不惜笔墨细致叙写木假山曲折的形成过程，寓意深刻：人才自身养成不易，被人发现选用尤为困难。要成为可堪大用的人才，家庭的呵护教养固然重要，自身的修养完善也必不可少，而社会的认可和用人者的眼光胸怀尤其重要，否则，即便是真正的人才奔波十万八千里经历九九八十一难怀揣着了真经来到你的面前，你还可能把他当作庸才闲置起来或当成麻烦处理掉。作者写树木的遭际，其实是"醉翁之意不在酒"，字面上写树木，其实意在写人才。在一个专制社会，不知有多少知识分子处在厄运之中，有多少真正的人才被无端毁掉。偶尔有一个半个被"好事者"看中了，取用了，"强之以为山"，但也是被用来做成木假山式的装饰品，供人点缀其门面。

作者对木假山的形成之所以有如此深刻的感受，显然与其生活经历有关。苏洵二十七岁方苦心为学，然而屡试不第，直至四十余岁，幸得有识才之量的"好事者"欧阳修、韩琦二人举荐，方为世人瞩目。将木假山的形成与自己的身世相比，二者浮沉世间、际遇难期的命运，何其相似！

正因为有这样的经历和感受，所以，当他面对自家院中的木假山时，便会有一种劫后余生的庆幸：它在长出嫩芽时没有死掉，长到两手合抱粗时没有夭折，可用作栋梁时没有被伐去，风拔水漂它却不折不腐，不折不腐可做某种材料也未受刀斧之灾，在急流泥沙中被雕蚀为木假山，又没有被樵夫野人当作木柴砍去，而后才来到这里。作者感叹"疑其有数存乎其间"，何尝不是对自己历经坎坷而终获赏识的庆幸？

上文对木假山形成过程的叙写还是止于"形"的层面，接下来作者赋予木假山以人的品格神韵，寓意更加深长。

"然予之爱之，则非徒爱其似山，而又有所感焉；非徒爱之，而又有所敬焉。"作者非只爱其形，更看到了其"形而上"的精神气韵，于是油然而生敬意：你看那中峰，高大魁伟，威严大气，有君临天下的尊严气派，却端庄凝重，不施淫威；你看那两侧的山峰，庄重谨敬却峻峭挺拔，不卑不亢，风骨凛然。

目睹如此形神风韵各具特色的三座"山峰"，我们会联想到苏洵父子三人出类拔萃的才学和高洁独立的人格，也会联想到他们虽为父子互敬互爱又各成一家的新型父子关系，还可以联想到"君使臣以礼，臣事君以忠"的儒家理想的君臣关系。

这篇杂记最大的特色，在于作者找到了一个合适的媒介——木假山，这样，就可以借木假山形成之艰难，寓人生的坎坷；借木假山为"好事者取去"的偶然性，寓人间际遇之难期；借自家院中木假山三峰的造型神韵，寓高尚的人格、情操和理想的父子或君臣关系。

一物贯穿，构思巧妙，木假山经历造型与作者身世人格浑然一体，启人联想，意味深长。

墨池记

（宋）曾巩

临川之城东，有地隐然而高①，以临②于溪，曰新城。新城之上，有池洼然而方以长，曰王羲之之墨池者，荀伯子《临川记》云也。羲之尝慕张芝③，临池学书，池水尽黑，此为其故迹，岂信然④邪？

方羲之之不可强以仕⑤，而尝极⑥东方，出沧海，以娱其意⑦于山水之间，岂⑧其徜徉肆恣，而又尝自休⑨于此邪？羲之之书晚乃善，则其所能，盖亦以精力⑩自致者，非天成也。然后世未有能及者，岂其学不如彼邪？则学固岂可以少哉！况欲深造道德者邪？

墨池之上，今为州学舍。教授⑪王君盛恐其不章⑫也，书"晋王右军墨池"之六字于楹间以揭⑬之，又告于巩曰："愿有记。"推王君之心，岂爱人之善⑭，虽一能不以废，而因以及乎其迹邪？其亦欲推其事以勉其学者邪？夫人之有一能，而使后人尚⑮之如此，况仁人庄士之遗风余思⑯，被⑰于来世者何如哉！

庆历八年九月十二日，曾巩记。

【注释】

①隐然而高：微微地高起。隐然，不显露的样子。

②临：从高处往低处看，这里有"靠近"的意思。

③张芝：东汉末年书法家，善草书，世称"草圣"。王羲之"曾与人书云：'张芝临池学书，池水尽黑，使人耽(dān，酷爱)之若是，未必后之也。'"(《晋书·王羲之传》)

④信然：果真如此。

⑤强以仕：勉强要(他)做官。

⑥极：穷尽，中文指遍游。

⑦娱其意：使他的心情快乐。

⑧岂：莫非。

⑨休：停留。

⑩精力：精神和毅力。

⑪教授：官名。宋朝在路学、府学、州学都置教授，主管学政和教育所属生员。

⑫章：通"彰"，显著。

⑬揭：挂起，标出。

⑭善：特长。

⑮尚：尊重，崇尚。

⑯遗风余思：遗留下来令人思慕的美好风范。余思，指后人的怀念。

⑰被：流传，影响。

【译文】

　　临川城的东面,有一块突起的高地,并且靠近溪流,叫作新城。新城上面,有个低洼的长方形池子,称作王羲之的墨池,这是荀伯子《临川记》里说的。羲之曾经仰慕张芝,学习他临池习字,因而池水全变黑了,(据说)这就是羲之的(墨池)遗址,难道是真的吗?

　　当羲之不愿勉强做官时,曾经游遍东方,东游沧海,在山林之间自得其乐。莫非他在尽情游览时,曾在这里停留过?羲之的书法,到晚年才臻于完美,那么他所擅长的书法技艺,大概也是靠他自己的精神和毅力取得的,并不是天生的。但是后代没有能够赶上他的人,莫非是学习下的功夫不如他吗?这样看来,学习的功夫难道可以少吗?何况想在道德修养上深造的人呢?

　　墨池的旁边,现在是抚州州学的校舍,教授王盛先生担心墨池不能被人所知,写了"晋王右军墨池"六个字挂在屋前两柱之间,又请求我说:"希望写一篇(墨池)记。"推测王先生的用心,是不是喜爱别人的优点,即使是一技之长也不让它埋没,因而推广到王羲之的遗迹呢?莫非也想推广王羲之的事迹来勉励那些学员?一个人有一技之长,就能使后人像这样尊重他;何况那些仁人志士遗留下来的美好风范和令人思慕的品德,对于后世的影响那就更不用说了!

　　庆历八年九月十二日,曾巩作记。

>>> 【经典细读】

缘事说理，质朴缜密

曾巩是一个淳厚正直、朴实低调的人。据说和王安石同一年考试，曾巩落榜，王安石中榜且已在朝为官，但曾巩仍向赏识自己的欧阳修推荐他。当宋神宗问他如何评价王安石时，他说王安石勇于作为而吝于改过。实话实说，不为朋友讳。

文如其人。唐宋八大家中，曾巩的名字不像其他几位那样闪闪发光，大概有这个原因。在上海图书馆举行的一次主题讲座会上，著名作家马伯庸谈到曾巩时说："八大家里的其他人，比如韩愈、柳宗元、王安石、苏轼，我们是学不来的，因为没有那么大的文采。但是曾巩我们是能学的，他文章的特点不在于文采，在于逻辑上的缜密，以及他这种做事的踏实，这是我们应该学，而且能够学会的。"

比如这篇《墨池记》，没有华词丽句，没有渲染铺排，也不引经据典，而自有质朴雅洁之美：叙事简要，不枝不蔓；议论精当，逻辑缜密。

本文重点在"论"，但议论必须有所附丽，否则显得浮泛空洞，流于说教；而如果叙述过多，又会喧宾夺主，湮没题旨。故作者采用了叙议结合、略叙详论、叙为论设的写法，以突出文章的题旨。

题目为"墨池记"，起笔需从墨池入题，故开头根据荀伯子《临川记》的记载，概括了墨池的地理位置、周边环境和自身状貌，随即由物到人，交代"墨池"的由来——"羲之尝慕张芝，临池学书，池水尽黑"，笔墨省到了不能再省。作者无心去考证传说的真伪，因为本文的目的在于说理，不在于写物记事，只需交代出关键之处"池水尽黑"，架设起通向议论的桥梁即可。至于传说的真伪，只用一句模棱两可的猜测"岂信然邪？"就"搪塞"过去了，就像苏东坡用一句"人道是，三国周郎赤壁"，便把读者的疑问挡在诗词之外：人家说的是真是假不重要，重要的是我要找一个由头，好借题发挥。这是两个文学大家的机智巧妙之处。

写到这里，文章似乎可以顺势进入议论——"羲之之书晚乃善，则其所能，盖亦以精力自致者，非天成也"，因为练书法练得"池水尽黑"了嘛！但这样有点证据不足之嫌，于是作者又追述王羲之退离官场的一段生活经历："方羲之之不可强以仕，而尝极东方，出沧海，以娱其意于山水之间；岂其徜徉肆恣，而又尝自休于此邪？"据《晋书》中记载，骠骑将军王述，少时与羲之齐名，而羲之甚轻之。羲之任会稽内史时，述为扬州刺史，羲之成了他的部属。后王述巡察会稽郡，羲之以之为耻，遂称病去职，并于父母墓前发誓不再出来做官。对于王羲之的这一段经历，作者浓缩成一句话——"方羲之之不可强以仕",语言简省至极,但意味深长,突出了王羲之傲岸正直、脱尘超俗的人格精神,这是王羲之"飘若浮云,矫若惊龙"书法风格形成的内在因素,也为下文"深造道德"之论的提出做了有力铺垫。

所有的铺垫都做足了,于是议论也就水到渠成了:"羲之之书晚乃善,则其所能,盖亦以精力自致者,非天成也。"关于这一点,南朝虞和在《论书表》中说:"羲之书在始未有奇,殊不胜庾翼,迨其末年,乃造其极。尝以章草书十纸过亮,亮以示翼。翼叹服,因与羲之书云:'吾昔有伯英章草书十纸,过江亡失,常痛妙迹永绝。忽见足下答家兄书,焕若神明,顿还旧观'。"这件事,作者只用一句"羲之之书晚乃善"概括,强调的是"晚乃善"这一事实,推出其书法成就不是天生的,而是几十年如一日勤学苦练的结果,这一方墨池就是明证。于是,由个别到一般顺理成章地得出结论:"则学固岂可以少哉?"紧接着又由此及彼,由浅入深,由技能层面到精神层面,用一反诘句推出"况欲深造道德者邪?"的观点,语气委婉,启人深思。

最后,作者又把笔锋收回到墨池,交代写此文的缘起。这几句记述,作者突出了两点:一是交代墨池现在所处的特殊场合——这里已经成为州学舍;二是写教授王盛的良苦用心——"恐其不章也,书'晋王右军墨池'之六字于楹间以揭之"。这是为了强调墨池的特殊使命,凸显王盛对"墨池"的文化内涵和教育功能的重视,于是下面再度顺理成章地转入议论:"推王君之心.岂爱人之善,虽一能不以废,而因以及乎其迹邪？其亦欲推其事以勉其学者邪？"因为墨池旧址"今为州学舍"，本文又是应王盛的请求所作，所以"勉其学者"既是王盛的良苦用心，也是作者写此记的意图所在。但作者仍意犹未尽，继续把议论推进一步："夫人之有一能，而使后人尚之如此，况仁人庄士之遗风余思，被于来世者何如哉！"由王羲之的书法之善，推及"仁人庄士"的教化、德行，这是"勉"的主要内容。至此，墨池这一文化古迹的精神内涵和教化功能被发掘到极致，作者的使命圆满完成了。

行家们评唐宋八大家的文章，有形象的说法——韩文气势如潮，苏文磅礴如海，曾巩文章则"如波泽春涨"。什么叫波泽春涨？马伯庸解释说："春天的小池塘有春雨稀稀拉拉地滴下来，慢慢地池塘的水就涨起来了。这个涨起来的过程是不明显的，需要仔细观察很久才能显现出来。"此文精准叙事，缘事说理，由物及人，由个别到一般，由浅入深，层层铺垫，脉络清晰，逻辑严密，不作倾盆大雨状以大言豪言警言华词丽句来炫人眼目，只像淅淅沥沥的春雨耐心踏实默默无声地潜滋慢润，这种质朴平实的文风，也是一种很高的境界。

记孙觌事

(宋)朱熹

靖康之难,钦宗幸①虏营。虏人欲得某文②。钦宗不得已,为诏从臣孙觌为之;阴冀③觌不奉诏,得以为解④。而觌不复辞,一挥立就:过为贬损,以媚虏人;而词甚精丽,如宿成⑤者。虏人大喜,至以大宗城卤⑥获妇饷⑦之。觌亦不辞。其后每语人曰:"人不胜天久矣;古今祸乱,莫非天之所为。而一时⑧之士,欲以人力胜之;是以多败事而少成功,而身以不免焉。孟子所谓'顺天者存,逆天者亡'者,盖谓此也。"或戏之曰:"然则,子之在虏营也,顺天为已甚矣!其寿而康也宜哉!"觌惭无以应。闻者快之⑨。

乙巳八月二十三日,与刘晦伯语,录记此事,因书以识⑩云。

【注释】

①幸:皇帝出行到某地。徽、钦二宗被掳入金营,乃国之耻辱,故朱熹有所隐晦,而说"幸"。

②某文:降表的隐语。

③阴冀:暗中希望。

④解：解脱。

⑤宿成：早就写成。

⑥卤：(lǔ)，通"掳"，掳掠。

⑦饷：赠送。

⑧一时：同时期。

⑨快之：对此觉得痛快。

⑩识 (zhì)：通"志"，记住。

【译文】

靖康之难时，钦宗被掳入敌营。金人想得到宋朝的降表。钦宗迫不得已，命令让自己的近臣孙觌来写；暗地里希望孙觌不听从命令，来使自己得到解脱。但是孙觌一点儿也没有推辞，很快就写成了，很过分地贬损宋朝，来向金人献媚；且词句精美，像早就准备好一样。金人大喜，把从宋朝皇宫中抢来的宫女赏给他，他也不推辞。此后，他常常对人说："个人的力量怎么能战胜上天的安排呢？古今的祸乱，都是上天决定的。可是当时的人却想用人力来战胜它，所以失败的多，成功的少，而且自身因此不保。孟子所说的'顺天者存，逆天者亡'，大概就是这种情况。"有人讽刺他说："这样说来，你在敌营里时，顺应天时得很，应该会健康长寿啊！"孙觌惭愧得无话可说。听说这件事的都感到痛快。

乙巳年八月二十三日，我和刘晦伯交谈，提到了这件事，所以写下来以便记住它。

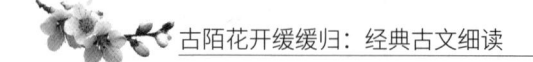

>>> 【经典细读】

聚光灯下的丑恶灵魂

如果不读朱熹这篇文章,也许很多人都不知道孙觌这个名字。《宋史》中没有他的传,后世有关这个人的介绍与评价多是基于《四库全书总目》中的记述,归纳起来有这么几点:

其一,天资聪颖,诗文有一定造诣。五岁即为苏轼所器重,二十八岁中进士,官至翰林学士,与汪藻、洪迈、周必大齐名,著有《鸿庆居士集》。

其二,品行不端,为人"依违无操",利益至上,没原则没底线。他曾被蔡京之子蔡攸荐为侍御史,蔡氏势败,他就率御史弹劾蔡攸;金人围困汴京,他为讨主和的皇上欢心,弹劾主战的李纲(他能晋至翰林学士,是因为他吃透了皇上的心理,专附和议);汴都破后,他接受金人女乐,写降表极尽献媚之能事;他曾因撒谎诬告被外调,曾因贪污被罢免;洪迈推荐他修国史,他公报私仇,竟对不喜欢的人大加污蔑,而这些不实之词竟都被记载在《钦宗实录》中;他依附阿谀秦桧、陷害岳飞的奸佞万俟卨(mò qí xiè),与之沆瀣一气谤毁岳飞。

其三，他是官场上的"不倒翁"。虽然因为撒谎、贪污及写降表被降职或免官，但凭着投机钻营、见风转舵的本事，他都能化险为夷，很快被重新起用，而且真的"寿而康"，活到了八十九岁。想到那些与他同时代的忠臣志士们或因不得志抑郁而死，或因被他陷害冤屈而死，或不改志节而殒身殉国，真是让人无话可说！

朱熹在本文中并没有把孙觌的上述丑行劣迹一一叙说，而是集中火力，只聚焦其起草降表献媚金主这一典型事件，仅用寥寥二百余字，就活画出其卖国邀宠却恬不知耻的丑恶嘴脸，把他牢牢钉在了历史的耻辱柱上。

《四库全书》对这件事的记述仅有二十二字："汴都破后，觌受金人女乐，为钦宗草表上金主，极意献媚。"

朱熹则围绕这件事，运用多种手法，从多个角度，层层剥笋，直击其灵魂深处，让他的丑恶嘴脸暴露在聚光灯下，无处躲藏。

文章起笔交代事件背景：汴京沦陷，钦宗被掳，金人欲得降表，在关系到国家存亡和民族尊严的关键时刻，钦宗如何选择？我们不由得将急切的目光聚焦到一国之主身上。

但作者的笔触没在钦宗身上过多停留，而是转向本文的主角孙觌。"钦宗不得已，为诏从臣孙觌为之；阴冀觌不奉诏，得以为解。"作者特别交代，钦宗命孙觌写降表，出于"不得已"；口头上要孙觌写，内心里却希望孙觌也能坚持气节，拒不奉诏。这里多说一句，朱熹作为儒家思想的坚定信仰者维护者，自然有意在"为帝王讳"，怎么会"不得已"？不就是个死吗？再者，难道钦宗你不了解孙觌的为人吗？怎么会指望他坚守气节拒不投降？汴京沦陷时，以死相抗者的确不乏其人，但他孙觌是这样的人吗？但我们还要回到作者写此文的主题上来，以"不得已""阴冀"写钦宗的心理活动，其一是把关系国家存亡的大事摆在孙觌面前，也把读者的注意力引到这一主角身上；其二是以钦宗与孙觌映衬对比：钦宗被逼无奈，曲与周旋，心不甘情不愿，而孙觌呢？

"觌不复辞"，没有丝毫的犹豫，甚至迫不及待；"一挥立就"，没有一丁点儿的难为情，而是文思泉涌，兴会淋漓。不仅如此，他的降表"过为贬损，以媚虏人"：内容上极尽辱国媚敌之能事，以奴颜婢膝之丑态，以换取金人的欢心；"而词甚精丽"，文辞上极尽精致华美之能事，着一"而"字，前后构成递进关系，是对这个有才无德之小人的辛辣讽刺。作者还不解气，再加一笔"如宿成者"，言其卖国献媚之心非形势所迫，更像是早已有之；其降表也非临场发挥，而是早已"胸有成竹"，出自肺腑。这一层，便已剥出孙觌灵魂中最卑劣龌龊的一角。这封降表，被收入《大金吊伐录》卷下，成为大宋耻辱的见证，孙觌可谓"功不可没"。

孙觌这样取媚金人，是否也是迫不得已？会不会是保全皇帝保全大宋的权宜之计呢？孙觌曾在他的《鸿庆居士集》中为自己辩解说：皇上诏令"烦卿草一表，不可辞"；他自己是"君父在难，不敢辞"；以"四六"文体撰写表章是金方指定的，不能辞。

那么，孙觌是不是被冤枉的？一个事实让这样的辩解不攻自破——"虏人大喜，至以大宗城卤获妇饷之。觌亦不辞"。金人给他赏赐，赏赐的是在大宋掳掠的妇女，是他应该保护的姐妹，这对一个大宋的臣子来说，是多么大的侮辱！但戏剧性的一幕发生了："觌亦不辞"。真乃厚颜无耻之极！

一个人的行为是由其思想意识、价值观念决定的。为了揭露孙觌龌龊的灵魂，朱熹进一步记述其卖国理论。如果他内心还有一丁点儿廉耻，就应躲在家里不见人，毕竟做了这么不光彩的事。但他偏不，反而逢人便讲他的所作所为是顺应大势，符合天道，口若悬河，滔滔不绝，竟然引用孟子之言为自己辩护。孟子说："人不可以无耻。"（《孟子·尽心章句上》）朱熹对孙觌卖国"宏论"的详细记述，讽刺可谓巧妙而辛辣！

至此，孙觌丑陋卑劣的灵魂已然完全暴露在朱熹的聚光灯下了，但朱熹先生显然还不解气，又借别人的一段冷语刺向其要害："然则，子之在虏营也，顺天为已甚矣！其寿而康也宜哉！"可谓绵里藏针，看似祝福，实为诅咒，鄙夷厌恶痛恨之情从舌尖齿缝透出，臊得孙觌"无以应"。

行文至此，本可收笔了，但这位一向温文尔雅的大儒仍意犹未尽，冷不丁在最后又补了一刀："闻者快之"！预想到自己这篇文章，会让这个卖国者不仅被当世人所唾骂，也会被后世人不齿，作者这才长长地出了一口恶气。

文章结尾，以干支纪年，郑重其事，言之凿凿，用史笔笔法，将孙觌永远钉在了历史的耻辱柱上。

书博鸡者事

(明) 高启

　　博鸡①者，袁人，素无赖②，不事产业，日抱鸡呼少年博市中。任气③好斗，诸为里侠④者皆下⑤之。
　　元至正间，袁有守多惠政，民甚爱之。部使者臧，新贵⑥，将按⑦郡至袁。守自负年德⑧，易⑨之，闻其至，笑曰："臧氏之子也。"⑩或以告臧，臧怒，欲中守法。⑪会袁有豪民尝受守杖，知使者意嗛⑫守，即诬守纳己赇⑬。使者遂逮守，胁服⑭，夺⑮其官。袁人大愤，然未有以报也。
　　一日，博鸡者遨⑯于市。众知有为⑰，因让⑱之曰："若素名勇，徒能藉⑲贫孱者耳！彼豪民恃其赀，诬去贤使君，袁人失父母；若诚丈夫，不能为使君一奋臂耶？"博鸡者曰："诺。"即入闾左⑳呼子弟素健者，得数十人，遮㉑豪民于道。豪民方华衣乘马，从群奴而驰。博鸡者直前捽㉒下提殴之。奴惊，各亡去。乃褫㉓豪民衣自衣，复自策其马，麾众拥豪民马前，反接，徇诸市。使自呼曰："为民诬太守者视㉔此！"一步一呼，不呼则杖，其背尽创。豪民子闻难㉕，鸠㉖宗族僮奴百许人，欲要篡㉗以归。博鸡者逆㉘谓曰："若欲死而父，即前斗。否则阖门善俟㉙。吾行市㉚毕，即归若父，无恙也。"

豪民子惧遂㉛杖杀其父，不敢动，稍敛众以去。袁人相聚从观，欢动一城。郡录事骇之，驰白府。府佐快其所为，阴纵之不问。日暮，至豪民第门，捽使跪，数之曰："若为民不自谨，冒使君，杖汝，法也；敢用是㉜为怨望㉝，又投间㉞蔑污使君，使罢。汝罪宜死，今姑贷㉟汝。后不善自改，且复妄言，我当焚汝庐、戕汝家矣！"豪民气尽，以额叩地，谢不敢㊱。乃释之。

博鸡者因告众曰："是足以报使君未耶？"众曰："若所为诚快，然使君冤未白，犹无益也。"博鸡者曰："然。"即连楮为巨幅，广二丈，大书一"屈"字，以两竿夹揭㊲之，走诉行御史台。台臣弗为理。乃与其徒日张"屈"字游金陵市中。台臣惭，追受其牒㊳，为复守官而黜臧使者。方是时，博鸡者以义闻东南。

高子曰：余在史馆，闻翰林天台陶先生言博鸡者之事。观袁守虽得民，然自喜轻上，其祸非外至也。臧使者枉用三尺㊴，以雠㊵一言之憾㊶，固贼戾㊷之士哉！第㊸为上者不能察，使匹夫攘袂㊹群起，以伸其愤，识者固知元政紊弛，而变兴自下之渐㊺矣。

【注释】

①博鸡：斗鸡赌输赢。

②无赖：游手好闲。

③任气：意气用事。

④里侠：当地有侠义行为的人。

⑤下：佩服，退让。

⑥新贵：新近做了高官。

⑦按：巡察。

⑧年德：年老有德。

⑨易：轻视。

⑩臧氏之子：《孟子·梁惠王下》说鲁平公要去看孟子，宠臣臧仓阻止他去。孟子的学生告诉了他，孟子说："……吾之不遇鲁侯，天也，臧氏之子焉能使予不遇哉？"阻止鲁平公去看孟子的"臧氏之子"，自然不是个好东西，因此袁守的话使部使者臧大怒。

⑪欲中守法：想要用法律加到袁守身上，即想用法律处置袁守。

⑫嗛（xián）：怀恨。

⑬赇（qiú）：贿赂。

⑭胁服：威逼认罪。

⑮夺：罢免。

⑯遨（敖áo）：游逛。

⑰有为：有所作为，有能力，有办法。

⑱让：责备。

⑲藉：践踏，这里是欺压的意思。

⑳闾左：贫民聚居的地方。

㉑遮：挡，拦住。

㉒捽（zuó）：揪住。

㉓褫（chǐ）：剥下。

㉔视：比照

㉕难（nàn）：出事，出乱子

㉖鸠：集合。

㉗要篡：拦路夺取。要，同"邀"，拦住。

㉘逆：对面迎上去。

㉙阖门善俟：（回去）关上门好好等着。

㉚行市：在市场上游行示众。

㉛遂：即刻。

㉜用是：因此。

㉝怨望：同义复词，怨恨。

㉞投间（jiàn）：趁机，钻空子。

㉟贷：饶恕。

㊱谢不敢：认罪，表示不敢再犯。

㊲揭：高举。

㊳牒（dié）：公文。这里指状纸。

㊴三尺："三尺法"的简略语，古代将法律写在三尺长的竹简上，故称"三尺法"。

㊵雠：报复。

㊶憾：怨恨。

㊷贼戾：阴险凶残

㊸第：但。

㊹攘袂（rǎng mèi）：捋起袖子。

㊺渐：逐渐扩展。如"西风东渐"。

【译文】

博鸡者是袁州人,一向游手好闲,不从事劳动生产,每天抱着鸡召唤一帮年轻人在街市上斗鸡赌输赢。他任性放纵,喜欢与人争斗。那些乡里的侠义好汉,都对他很服从退让。

元代至正年间,袁州有一位州长官大力施行仁爱宽厚的政策,百姓很喜欢他。当时上级官署派下来一个姓臧的使者,是一个新得势的权贵,将要巡察各州郡,来到了袁州。太守仗着自己年资高有德望,看不起这位新贵,听说他到了,笑着说:"这是臧家的小子啊。"有人把这话告诉了姓臧的,姓臧的大怒,想用法律来中伤陷害太守。正巧袁州有一个土豪,曾经受过太守的杖刑,他得知姓臧的使者怀恨太守,就诬陷太守接受过自己的贿赂。使者于是逮捕了太守,威逼他认罪服刑,革掉了他太守的官职。袁州人非常愤慨,但是没有什么办法来对付他。

一天,博鸡者在街市上游荡。大家知道他会有所作为,于是责备他说:"你向来以勇敢出名,只不过能欺压贫弱的人罢了。那些土豪倚仗他们的钱财,诬陷贤能的使君,使他罢了官,袁州人失去了父母官。你果真是男子汉大丈夫的话,就不能为使君出一把力吗?"博鸡者说:"好。"就到贫民聚居的地方,召来一批向来勇健的小兄弟,共有几十个人,在路上拦住那个土豪。土豪正穿着一身华丽的衣服,骑着马,后面跟随一群奴仆,奔驰而来。博鸡者径直向前把他揪下马,又提起来殴打他。奴仆们惊恐万分,各自逃去。博鸡者于是剥下土豪的衣服,自己穿上,又自己鞭打着土豪的马,指挥众子弟簇拥着土豪到马的前面,把他的双手反绑着,游街示众,令他自己大声叫道:"做老百姓的要诬陷太守,就看看我的下场!"走一步叫一声,不叫就用棍棒打,打得土豪的背上全部是伤。土豪的儿子听说父亲遭此祸殃,就聚集了同宗本家的奴仆一百人左右,想拦路夺回他的父亲。博鸡者迎面走上去说:"如果想要你父亲死,那就上前来斗。否则还是关起门来在家里好好地等着。我游街结束,就归还你的父亲,不会有危险的。"土豪的儿子害怕博鸡者会因此用棍杖打死他的父亲,不敢动手,匆匆约束招拢了奴仆们而离去。袁州的百姓相互追随着聚集在一起观看,欢呼声震动了整个袁州城。郡中掌管民事的官吏非常惊惧,骑马奔告州府衙门。府里的副官对博鸡者的所作所为感到痛快,暗中放任他而不过问。天黑,博鸡者和游街队伍来到土豪家门口,揪着他命他跪下,列数他的罪状说:"你做老百姓,自己不检点,冒犯了使君,使君用杖打你,这是刑法的规定。你竟敢因此而怨恨在心,又趁机诬陷使君,使他罢了官。你的罪行当死,现在暂且饶恕你。今后如果不好好改过自新,再敢胡言乱语,我就要烧掉你的房屋,杀掉你的全家!"土豪气焰完全没有了,用额头碰地,承认自己有罪,表示再不敢了。博鸡者这才放了他。

博鸡者于是告诉大家说:"这样是否足够报答使君了呢?"大家说:"你的所作所为确实令人痛快,但是使君的冤枉没有昭雪，还是没有用的。"博鸡者说："对。"立即用纸连成一个巨幅，宽有二丈，上面写了一个大大的"屈"字，用两根竹竿夹举起来，奔走到行御史台去诉讼，行御史台的官吏不受理。于是便和他的一帮小兄弟，每天举着这个"屈"字在金陵城中游行。行御史台的官吏感到惭愧，接受了他们的状纸，为他们恢复了太守的官职，并罢免了姓臧的使者。当时，博鸡者由于他的侠义行为而闻名于东南一方。

  高启说：我在史馆，听翰林官天台人陶先生说起博鸡者的事。看来袁州太守虽然能得民心，但是沾沾自喜，轻视上级，他的遭祸不是外来的原因造成的。姓臧的使者，滥用法律权力，用来报复一句话的怨恨，本来就是一个凶残的人！只是做上级的不能察明下情，致使百姓捋起袖子群起反抗，发泄自己的愤慨。有见识的人本就知道元代的政治混乱松弛，因而变乱的兴起已经从下面慢慢形成了。

>>> 【经典细读】

民变背后的乱世相

初读高启的《书博鸡者事》，会让人感觉快意，快意于博鸡者惩治豪民时的一气呵成痛快淋漓，快意于其替袁太守申冤平反的正义果敢无所畏惧，快意于正义压倒邪恶小民战胜权贵的理想结局。

再读几遍，便会意识到作者写此文并非只是让读者止于快意恩仇，他有更深的用意，这一用意隐藏在这件偶发事件的背后，隐藏在博鸡者这一闪光形象的背影中，如果把文中看似散乱的信息碎片串联起来，放在时代的大背景下去透视，你会看到那个礼崩乐坏时代的乱世相。

那是一个政治腐败、官场昏聩的时代。那个刚刚升官晋职的臧氏，是以部使者的身份下来巡察的。要知道，部使者属于肃政廉访司，负责考察省内各级官员政绩，掌握着陟罚臧否、断治冤狱的大权，可以说他的一句话就可以决定官员们的命运前途，这样一个重要的职位理应由德才兼备、胸怀磊落的人来担任，但这个姓臧的是一个什么人呢？本来与袁太守毫无宿怨，照理，应该在他按郡巡视时，对于"多惠政，民甚爱之"的袁太守优叙政绩，上报朝廷，给予褒奖，树立廉政爱民的典范；不料却为袁太守一句玩笑话而恼羞成怒，睚眦必报，不惜滥用权力，颠倒是非，处心积虑罗织罪名，致使奸恶豪民有了可乘之机，诬称其收受了自己的贿赂。而他既不做调查，又不察舆情，顺水推舟，竟以捕风捉影之辞，把袁太守关起来，威逼恐吓，迫使其认罪，然后罢了他的官，以泄私愤。这样一个心胸狭隘、颠倒是非、公报私仇、陷害忠良、误国殃民的阴毒小人，竟占据着国家肃政廉访司这样的"要路津"，真是荒唐至极！

　　还有那个拥有更大的权力的行御史台臣，他管辖着三省十道，掌管着纠察百官善恶的大权，本来臧氏的胡作非为他是有权过问的，袁太守的冤狱他是有责任平反的，这既不违法又不犯上，只需他有一份主持正义、为民做主的责任担当，但他却懒得过问。他可能私下掂量了：俗话说"宁得罪君子不得罪小人"，为给一个小小的太守平反，而让部使者对自己心怀怨恨，尽管对自己的仕途利益没有什么妨碍，但也没有什么好处啊！而装聋作哑置之不理也不会受到什么惩罚，还落得清静，只要没有危及自身，任他悍吏横行，民不聊生，到处是冤狱，到处有哀鸿，哪怕你们这些草民鸣冤鸣到我的御史台，一概"弗为理"。只有当博鸡者带领民众举着书有大大的"屈"字的巨幅在整个金陵市中游行示威，他感到这样影响面太大，弄不好可能传到朝廷里去，那自己的乌纱帽可就戴不稳了！于是只好出来"受其牒"。这种一切以自己的仕途利益为中心、毫无担当的精致利己主义者，是怎么一路晋升到如此高官要职的？不是很让人浮想联翩吗？

那是一个豪民横行跋扈、良民敢怒不敢言的时代。这次事件，挑起事端的就是那个豪民。他仗着自己有钱有势，横行乡里，称霸一方，欺压百姓，经常"华衣乘马，从群奴而驰"，飞扬跋扈，不可一世。袁太守为保一方平安。依法施之以杖刑，以打击其嚣张气焰。豪民怀恨在心，利用部使者臧氏对袁守的恼恨心理，竟然诬告太守收受自己的钱财，致使廉洁爱民的袁州父母官被"胁服"并罢官。如果袁守真是贪赃枉法之人，以民告官那是不畏权贵，但诬告陷害"多惠政，民甚爱之"的一方太守，简直是无法无天，肆无忌惮！面对豪民的此种恶行，百姓痛恨得牙根痒，却惧于豪民的威势，不敢为自己爱戴的父母官鸣冤叫屈，只能暗地里怂恿博鸡者出马。豪民为什么能为所欲为？因为有部使者的撑腰打气，有台臣的包庇纵容。

那是一个礼崩乐坏、法度失衡、政纲废弛的时代。在那个时代，一句不慎之言就可以被告发而惹来横祸，横行乡里的刁民敢于栽赃诬陷清官，主管廉政建设的官员可以以睚眦之仇罗织罪名陷害廉吏，纠察官员善恶的台臣不分善恶无所作为，年纪轻轻的少年整日游手好闲打架斗殴不务正业，本应该用法律公权解决的问题，却只能依靠这样一个市井少年来解决……

高启在文中浓墨重彩塑造疾恶如仇、侠肝义胆的博鸡者形象，是别有深意的，让人联想到司马迁笔下的游侠。司马迁在《史记·游侠列传》中为"侠"立传，高度褒扬了侠者之风，称其"救人于厄，振人不赡"，"其行虽不轨于正义，然其言必信，其行必果，已诺必诚，不爱其躯，赴士之厄困……盖亦有足多者焉"。

尽管传统的正史认为侠者常常"以武犯禁"，有损法律尊严，但司马迁却用儒家"仁义"思想为他们辩解，认为侠者的人格魅力，其一便是扶弱抑强，疾恶如仇。文中的博鸡者，为替父母官申冤报仇，不惧权势，不畏强暴：惩治豪民，有勇有谋；鸣冤台臣，不顾利害。其二在于守信重诺，言行如一，受人之托，忠人之事，赴汤蹈火，在所不辞。本文的博鸡者，面对众人惩治豪民的请求，只是应了一个"诺"字，随即付诸行动，以一系列泼辣利落的动作，彻底打掉了豪民的威风。当袁民进一步请求为使君洗冤鸣屈时，博鸡者只应一声"然"，又立即行动，高举巨幅"屈"字走诉行御史台，游行金陵市，不达目的誓不罢休，最终迫使台臣"追受其牒，为复守官而黜臧使者"。

司马迁为什么为游侠作传？时隔一千多年，高启为什么要写一个博鸡者？

司马迁塑造游侠的形象，寄托着他个人的怀抱。某种事物越是离时代远去成为稀有品，人们越是向往称羡，游侠精神也是如此。《游侠列传》是在李陵案之后写就的，当司马迁目睹有"国士之风"的李陵被"全躯保妻子之臣"落井下石时，当他为替李陵说情遭受宫刑而"交游莫救，左右亲近不为一言"时，他是多么怀念那"救人于厄，振人不赡""已诺必诚，不爱其躯，赴士之厄困"的侠者！他写游侠，实际上是在呼唤缺失的真情信义和古道热肠,表达对人情硗薄、世风日下的不满和失望。

同样,高启塑造豪侠仗义的博鸡者这一形象也是醉翁之意不在酒。在民主与法治的文明社会里,江湖世界似乎离我们很远,传统意义上的侠客也不复存在。但在一个政治腐败、官场昏聩、纲纪废弛、豪强跋扈、弱肉强食的时代,侠客往往是公平正义的主持者,混乱现状的终结者,人们把对政府的失望不满转化为对侠客的希望和拥戴,把侠客当作面对现实世界无力反抗时的一种精神寄托,民众心中有大侠而无大官,有江湖而无庙堂。所以王夫之在《读通鉴论》中说,"上不能养民,而游侠养之也","民乍失侯王之主而无归,富而豪者起而邀之,而侠遂横于天下"。这就是所谓的官逼民反。高启塑造博鸡者的形象,意在映射元末官场黑暗、公道不彰而使"匹夫攘袂群起,以伸其愤"的社会现实,是为了揭示"元政紊弛而变兴自下之渐"的历史教训,试图给统治者提供一个殷鉴,可谓用心良苦。

然而,历史总是重复上演着"多情却被无情恼"的悲剧,洪武七年九月,这位一生不慕富贵、高洁自守、博学多才的《元史》编修者,被处以腰斩,年仅三十九岁。罪名有二:一是替所谓"有异图"的苏州知府魏观写了重修府治的《上梁文》;二是明太祖听信谗言认为他写的《宫女图》诗讽刺自己好色。

高启的良苦用心落空了。真应了杜牧的那句话——"后人哀之而不鉴之,亦使后人而复哀后人也"。

柳敬亭说书

（明）张岱

南京柳麻子，黧黑，满面疤癗①，悠悠忽忽②，土木形骸③。善说书，一日说书一回，定价一两，十日前先送书帕④下定，常不得空。南京一时有两行情人⑤：王月生、柳麻子是也。

余听其说景阳冈武松打虎白文⑥，与本传大异。其描写刻画，微入毫发，然又找截⑦干净，并不唠叨。哱夬⑧声如巨钟。说至筋节处，叱咤叫喊，汹汹崩屋。武松到店沽酒，店内无人，謈地一吼，店中空缸空甓⑨，皆瓮瓮有声。闲中著色⑩，细微至此。主人必屏息静坐，倾耳听之，彼方掉舌⑪，稍见下人咕哗⑫耳语，听者欠伸有倦色，辄不言，故不得强。每至丙夜，拭桌剪灯，素瓷静递⑬，款款言之，其疾徐轻重，吞吐抑扬，入情入理，入筋入骨，摘世上说书之耳，而使之谛听，不怕其齰舌⑭死也。

柳麻子貌奇丑，然其口角波俏⑮，眼目流利，衣服恬静，直与王月生同其婉娈⑯，故其行情正等。

（《陶庵梦忆》）

【注释】

①瘤（lěi）：疙瘩。

②悠悠忽忽：随随便便。

③土木形骸：将自己的形体视作土木，意即不肯修饰。

④书帕：请柬和定金。

⑤行情人：走红的人。

⑥白文：即大书，专说不唱。

⑦找截：不足的地方加以夸张，对松散冗长的地方加以删除。

⑧哱夬（bó guài）：形容声音雄厚而果决。

⑨甓(pì)：本意是砖，这里作瓦器解。

⑩闲中著色：在情节细微处加以渲染。

⑪掉舌：动舌，出词发言。

⑫呫哔(tiè bì)：低声细语。

⑬素瓷静递：用白瓷盏静静地喝茶。

⑭齰（zé）舌：咬舌，这里是羞愧欲死的意思。

⑮波俏：流利有风致，这里指柳敬亭说书口齿伶俐。

⑯婉娈：美好。

【译文】

南京的柳麻子，皮肤黑黑的，满脸的疤痕麻痘，穿着随随便便，不修边幅。柳麻子擅长说书，一天说一次书，要价一两银子。十天之前就要给他送来请帖和定金约好时间，他还常常不得空闲。南京当时有两个走红的人：一个是王月生，另一个就是柳麻子。

我听柳麻子说景阳冈武松打虎的大书，与小说文本出入很大。他对人物场景的描写刻画，细致入微，却又增删得当，干净利落，并不啰唆。他的声音洪亮如钟，说到关键处，叱咤叫喊的声音像汹涌的浪涛，把整个屋子都要震破。武松到店里打酒，见店里一个人都没有，便忽然猛地大吼一声，店里空缸空瓮都嗡嗡作响。于平淡之处着意刻画，他说书的细微之至可以窥见一斑。（说书前）听众一定要屏住呼吸，安静地坐下来听他说书，他才开讲。只要看见下面稍微有人窃窃私语，听众有打哈欠、伸懒腰、面带疲倦之色的，他就不说，所以不能勉强他。每次到了三更半夜，他擦拭桌子，剔亮灯芯，用白瓷盏静静地喝茶，缓缓开口道来。他说话的快慢轻重，吞吐抑扬，都十分入情入理，入筋入骨，把这世上说书人的耳朵摘下来听柳敬亭说书，恐怕他们都要惭愧得咬舌自尽了。

柳麻子相貌奇丑，但是他口齿伶俐，目光犀利，衣服干净舒爽，简直和王月生一样婉丽秀美，所以他们的名声身价相当。

>>> 【经典细读】

妙笔写奇人，说书传精神

《柳敬亭说书》选自张岱的《陶庵梦忆》。《陶庵梦忆》作于明亡之后，以一系列篇幅短小的文章追忆过去的繁华生活，包括山水风物、风土人情、茶楼酒肆、奇人逸闻等，追忆中寄寓着作者的故国之思和对往昔生活的缅怀。

柳敬亭就是其中的奇人之一。他是明末杰出的说书艺人，不仅说书艺术超群，而且正直侠义，与东林党、复社的名士交好，又参加过左良玉的抗清活动，好替人排难解纷，说书则不拘成规定本，尤爱说《隋唐演义》《水浒传》中的英雄好汉。明亡以后，更借说书抒发凄楚悲愤之情。本文以说书为主线写柳敬亭，可谓以妙笔写奇人，借说书传精神。

欲扬先抑、铺垫蓄势是本文最突出的手法。作者首先写柳敬亭的相貌。一般说来，从事说唱表演的艺人首先要从外形上对得起观众，对艺人的价值判断，历来跳不出"色艺"二字。如当时的江淮名妓王月生，余怀在《板桥杂记》中写她"善自修饰，顾身玉立，皓齿明眸，异常妖冶"。人家天生丽质，还注重打扮自己；而柳敬亭则是皮肤黧黑，满脸又是麻子又是疙瘩，本来够丑的了，却又穿着随意，不修边幅，哪像个表演艺人？谁还听他说书？

作者以退为进，写说书艺人柳敬亭外貌奇丑，让下文的"扬"有了足够大的张力，这是作者的高明之处。

首先，以外貌奇丑衬托其说书的高超技艺。先从侧面来写他说书很"火"：门票定价一两，而且还得预约，"十日前先送书帕下定，常不得空"。这就吊足了读者的胃口：这么丑的人还能这么火，到底有什么绝技？

接着作者就以"景阳冈武松打虎"为例，正面刻画他的奇绝之处。先概写："与本传大异。其描写刻画，微入毫发，然又找截干净，并不唠叨。"意即取材创新独到，细腻入微，干净利落。再细描："声如巨钟"，"叱咤叫喊，汹汹崩屋"，"罄地一吼，店中空缸空甓，皆瓮瓮有声"。然后又高度凝练地概括了柳敬亭说书的那种深入腠理、沁人心脾的艺术力量——"其疾徐轻重，吞吐抑扬，入情入理，入筋入骨"。最后又拉来所有说书人来衬托他——"摘世上说书之耳，而使之谛听，不怕其齰舌死也"。一个外貌奇丑的人竟然选择对外貌要求甚高的说书作为职业，而且做得这么成功，难道不值得赞叹称奇？

其次，以外貌奇丑反衬其气韵风度。外貌奇丑，说起书来却口齿伶俐俏皮，眼神流转灵动，衣服素雅干净，简直跟风姿绰约的王月生"同其婉娈"，"行情正等"。这里作者制造了两种强烈的对比反差：一是柳敬亭个人的内外对比——"奇丑"的外貌却有"婉娈"的风姿；一是横向比较——外貌奇丑的柳敬亭竟然与貌美姿妍的秦淮名妓王月生"同其婉娈"！正是这强烈的对比反差给人以巨大的心理冲击：这得多高的技艺、多强的气场，才能让听众忽略掉他那奇丑的外貌而被吸引被征服？

再次，以外貌奇丑反衬其人格魅力。他"一日说书一回"，不像一般说书艺人那样，为了多挣钱，档期排得满满的，有时还要为了"争粉"而炒作造势；柳敬亭说书纯属热爱。说书在当时虽被视为末流小技，但柳敬亭把它当作一门艺术来敬畏，他有自己的职业尊严，"主人必屏息静坐，倾耳听之，彼方掉舌。稍见下人咕哔耳语，听者欠伸有倦色，辄不言"。既然他说书非为稻粱谋，就不把听众当作衣食父母供着，不媚俗，不讨好，表现出一个艺术家狷介清高的操守和品位。他善说《水浒》《三国》《隋唐演义》来刻画英雄人物，他把打虎英雄武松刻画得传神生动，是因为他奇丑的外貌下有一个正直侠义的灵魂，他与武松已融为一体，或者说他就是打虎英雄武松的化身。

一个外貌奇丑之人，以其高超的技艺、非凡的气度、清高不俗的人格魅力以及英雄主义的精神气质，赢得听众的迷恋和敬慕，这不比色艺俱佳的江淮名妓王月生更具有传奇色彩吗？

《陶庵梦忆》中的每一篇文章，都寄寓着张岱对往昔生活的怀恋和亡国破家之痛。柳敬亭不是一般的艺人，而是一个正直侠义有爱国情怀的人，黄宗羲在《柳敬亭传》中写道："每发一声，使人闻之，或如刀剑铁骑，飒然浮空，或如风

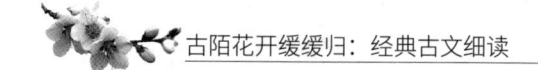

号雨泣，鸟悲兽骇，亡国之恨顿生，檀板之声无色。"作者写柳敬亭说书，一是被其高超的说书艺术所折服，对那段美好快乐的听书时光难以忘怀，更重要的是，要表现柳敬亭独特的人格魅力和精神气质，以寄托自己的幽怀隐志。

　　托尔斯泰说："人并不是因为美丽才可爱，而是因为可爱才美丽。"因为外表的美只能取悦人的眼睛，而内在的美却能感染人的灵魂。张岱以其生花妙笔塑造了柳敬亭这个外貌奇丑而魅力倾城的奇人，为托翁这一经典语录做了最好的注脚。

醉乡记

（清）戴名世

昔余尝至一乡陬①，辄颓然靡然，昏昏冥冥②，天地为之易位，日月为之失明，目为之眩③，心为之荒惑④，体为之败乱。问之人："是何乡也？"曰："酣适之方⑤，甘旨之尝⑥，以徜以徉⑦，是为醉乡。"

呜呼！是为醉乡也欤？古之人不余欺也！吾尝闻夫刘伶、阮籍之徒矣。当是时，神州陆沉⑧，中原鼎沸⑨，而天下之人，放纵恣肆，淋漓颠倒⑩，相率⑪入醉乡不已。而以吾所见，其间未尝有可乐者。或以为可以解忧云耳。夫忧之可以解者，非真忧也。夫果有其忧焉，抑亦⑫必不解也。况醉乡实不能解其忧也，然则入醉乡者，皆无有忧也。

呜呼！自刘、阮以来，醉乡遍天下。醉乡有人，天下无人矣！昏昏然，冥冥然，颓堕委靡，入而不知出焉。其不入而迷者⑬，岂无其人者欤？而荒惑败乱者率指以为笑，则真醉乡之徒也已！

【注释】

①乡陬（zōu）：偏僻的地方。陬，隅，角落。

②昏昏冥冥：糊里糊涂。

③眩：眼花。

④荒惑：恍惚、迷惑。

⑤酣适之方：舒适畅快的地方。

⑥甘旨之尝：有美酒佳肴可以尝到。甘旨，指美好的食品。

⑦以徜以徉：自由自在地走来走去。以，连词，表并列。

⑧神州陆沉：中华大地沉陷，比喻国家陷入灾难。

⑨中原鼎沸：国家局势动荡不安。中原，本指河南、河北一带，代指中国。鼎沸，形容局势不安定，如鼎水沸腾。

⑩淋漓颠倒：酩酊大醉，神志不清的样子。

⑪相率：相互牵引。

⑫抑亦：却也。

⑬其不入而迷者：不入醉乡且不昏惑迷乱的人。

【译文】

从前我曾到过一个地方，一到那里就精神萎靡，歪歪倒倒，昏昏沉沉，迷迷糊糊，天地因此变换了位置，日月因此失去了光明，眼睛因此发花，心因此慌乱迷惑，身体因此衰败不堪。我问那里的人："这是什么地方？"他们回答说："这是畅快舒适的地方，是可以尝到美味的地方，是自由闲散的地方，这里便是醉乡。"

啊！这里便是醉乡了吗？古人果然没有欺骗我。我曾听说刘伶、阮籍这类人迷恋醉乡的事。在那个时代，国土沦丧，中原纷乱，天下的人，放纵自己，无所顾忌，酩酊大醉，神志不清，一个接一个地进入醉乡。据我所见，那里不曾有可使人快乐的地方，有的人说什么那里可使人消除忧愁。如果忧愁是可以消除的，就不是真的忧愁；如果是真有了忧愁的人，或许也不必去消除它。何况醉乡实在不能使人消除忧愁，那么，进入醉乡的人，都是没有忧愁的人。

啊！自从刘伶、阮籍以来，醉乡遍及天下；醉乡有了人，天下就没人了。整个社会的人昏昏沉沉，迷迷糊糊，颓废消沉，萎靡不振，进去了就不知道出来了。那不曾进去而被迷惑了想进去的人，难道没有吗？但那些昏聩无能、败德乱政的人，常被人指着他们取笑的人，就真不愧是醉乡中的酒徒了啊。

>>>【经典细读】

逃离"醉乡",拒绝"躺平"

  1600年前,陶渊明描绘了一个宁静和乐、平等自由的"桃花源",那里"芳草鲜美,落英缤纷",那里"有良田美池桑竹之属",那里"黄发垂髫,并怡然自乐"。隋唐之际,"斗酒学士"王绩在《醉乡记》中又构想出一个"桃花源"般的"醉乡":有桃花源一样平旷开阔的自然环境,有"不食五谷,吸风饮露"的神仙一般的居民,有"与鸟兽鱼鳖杂处,不知有舟车械器之用"的质朴率真的民风民俗。

  陶渊明笔下的"桃花源"和王绩笔下的"醉乡"那美丽纯净的田园,淳朴率真的风俗,自由和谐的人际关系,积极健康的生活方式,是世世代代人人向往并孜孜以求的理想社会。在那里,"老有所终,壮有所用,幼有所长,矜、寡、孤、独、废疾者,皆有所养"(《礼记·礼运》);在那里,风和日丽的暮春,"冠者五六人,童子六七人,浴乎沂,风乎舞雩,咏而归"(《子路、曾皙、冉有、公西华侍坐》);在那里,饮酒是为了怡情悦性,"引壶觞以自酌,眄庭柯以怡颜"(陶渊明《归去来兮辞》)……

而戴名世笔下的"醉乡",则是另一番景象。那里"辄颓然靡然,昏昏冥冥,天地为之易位,日月为之失明,目为之眩,心为之荒惑,体为之败乱"。在这名为"醉乡"的地方,人们浑浑噩噩,颓废消沉,没有天地日月春夏秋冬,不关心今世何世家国民生,没有是非爱憎,只有醉眼迷离,及时行乐,一副没心没肺不成体统的醉鬼模样。而醉乡之人却沉溺其中乐而忘返,"酣适之方,甘旨之尝,以徜以徉,是为醉乡",只要有酒喝有肉吃自由自在混日子就行了!

显然,作者没有把这"醉乡"当作"桃花源"来赞美,而是对这醉生梦死之地充满了厌恶和嘲讽。

当然,作者并未止于此,而是把目光投向了历史深处,去寻找这"醉乡"产生的源头。

西晋刘伶、阮籍都是好酒之徒。刘伶一生"唯酒是务",其他一概不问,写下著名的《酒德颂》,酒使他"无思无虑,其乐陶陶","静听不闻雷霆之声,熟视不睹泰山之形,不觉寒暑之切肌,利欲之感情"。他常常拎着壶酒,喝得醉眼迷离,走起路来摇摇晃晃,乘着鹿车四处游荡,又命人拿着锹跟在车后,说什么"死便埋我"之类的丧气话。而阮籍为了能喝到酒,竟不惜辞去司马氏的幕僚职务,去当个不知名的步兵校尉。

当然,他们以酒买醉是为了避灾远祸,在乱世中保全自己。"当是时,神州陆沉,中原鼎沸。"司马氏篡魏之后,为迫使曹魏旧臣拥戴新政权,承认它的合法性,便滥杀无辜。政治的黑暗和恐怖,迫使士族知识分子纷纷设法全身远祸,

"放纵恣肆,淋漓颠倒,相率入醉乡不已"。宋叶梦得在《石林诗话》中说:"晋人多言饮酒,有至沉醉者,此未必意真在酒。盖时方艰难,人各罹祸,惟托于醉,可以粗远世故。"

写西晋意在影射现实。清王朝为了巩固政权,残酷镇压汉人,大兴文字狱,以打击汉族知识分子中的反清情绪。士大夫阶级和下层知识分子,怀恋故国,不满时政,又回天无力,只得在悲哀绝望中醉生梦死,苟且偷生,自甘沉沦。

躲进醉乡真的就幸福快乐了吗?"杜康"真的可以解忧吗?作者根据自己的亲身体验和见闻,得出"其间未尝有可乐者"的结论。醉乡之中,刘伶"死便埋我",阮籍"穷途而哭",他们真的快乐吗?晚唐诗人韦庄在他的诗歌《云散》中说:"刘伶避世唯沈醉,宁戚伤时亦浩歌。"其实对于追求灵魂高贵、精神自由、良知未泯的文化名士来说,其所谓"无思无虑,其乐陶陶",只不过是痛苦至极的自我麻醉,无路可走时的自我安慰罢了,而暂时的麻醉只会换来清醒之后更深切的痛苦。所以作者说:"夫忧之可以解者,非真忧也。夫果有其忧焉,抑亦必不解也。况醉乡实不能解其忧也,然则入醉乡者,皆无有忧也。"纵酒放达、及时行乐解不了忧,以此方式来解忧的人,并没有真忧。那些沉迷于醉乡乐而忘返的酒徒醉鬼们,倘若你们真的忘记了醉乡外面的现实社会,忘记了自己的责任义务,那就只管醉吧,别站在道德高地拿忧国忧民说事了,没有灵魂没有担当的人谈什么忧啊愁啊!这就无情揭开了醉乡中人的最后一层遮羞布。在作者看来,国家都成这样了,国人还争相倒在醉乡里,追求肤浅的感官刺激,置家国大义于不顾，这是软弱逃避，是不负责任！

更让作者痛心焦虑的是，"自刘、阮以来，醉乡遍天下；醉乡有人，天下无人矣"。有晋以来，到清朝初年，一千多年，醉乡绵延不绝遍天下，醉鬼们"昏昏然，冥冥然，颓堕委靡，入而不知出焉"，忧国忧民的仁人志士在哪里？谁来挽大厦于将倾、救民生于水火？谁来唤醒这醉乡中的麻木之人？

好在作者给了我们一点儿希望，总还有"不入而迷者"，他们不愿意进入醉乡随波逐流，而是像屈原那样"举世皆浊我独清，众人皆醉我独醒"，像范仲淹那样"居庙堂之高则忧其民，处江湖之远则忧其君"，像鲁迅先生在黑暗中呐喊去唤醒"铁屋子"里沉睡的人们……

戴名世本人就是一个"不入而迷者"。他对当时社会现实深恶痛绝，长期遗世独立，不屑与当权者合作，被目为"狂士"，被奸佞以"私刻文集，肆口游谈，倒置是非，语多狂悖，逞一时之私见，为不经之乱道"之罪名弹劾，两年后被以"大逆"的罪名处死。这就是著名的《南山集》案。

"真的猛士，敢于直面惨淡的人生，敢于正视淋漓的鲜血，这是怎样的哀痛者和幸福者？"戴名世反传统的警人之论，对于沉迷于醉乡者是一记棒喝，对于将入未入者也是一种劝告，而对"不入而迷者"是由衷的呐喊助威，闪耀着理性的光辉，表现出爱国的热忱。

我们生活在一个政通人和的太平盛世，正是大有可为之时，不要再做"佛系"青年。逃离"醉乡"，去担起自己该担的责任，去构建我们的美丽"桃花源"吧！

鸣机夜课图记

(清)蒋士铨

吾母姓钟氏，名令嘉，字守箴，出南昌名族，行九。幼与诸兄从先外祖滋生公读书，十八归先府君①。时府君年四十余，任侠好客，乐施与，散数千金，囊箧萧然，宾从辄满座。吾母脱簪珥，治酒浆②，盘罍③间未尝有俭色。越二载，生铨，家益落。历困苦穷乏，人所不能堪者，吾母怡然无愁蹙状，戚党④人争贤之。府君由是得复游燕、赵间，而归吾母及铨，寄食外祖家。

铨四龄，母日授四子书⑤数句。苦儿幼不能执笔，乃镂竹枝为丝，断之，诘屈作波磔点画⑥，合而成字，抱铨坐膝上教之。既识，即拆去。日训十字，明日，令铨持竹丝合所识字，无误乃已。至六龄，始令执笔学书。

先外祖家素不润⑦，历年饥，大凶⑧，益窘乏。时铨及小奴衣服冠履，皆出于母。母工纂绣组织⑨，凡所为女红⑩，令小奴携于市，人辄争购之。以是铨及小奴无褴褛状。

先外祖长身白髯，喜饮酒。酒酣，辄大声吟所作诗，令吾母指其疵。母每指一字，先外祖则满引一觥；数指之后，乃陶然捋须大笑，举觞自呼曰："不意阿丈乃有此女！"既而摩铨顶曰:"好儿子!尔他日何以报尔母?"铨稚,不能答,投母怀,泪涔涔下。母亦抱儿而悲,檐风几烛[11],若愀然助人以哀者。

记母教铨时,组紃绩纺[12]之具,毕陈左右,膝置书,令铨坐膝下读之。母手任操作,口授句读,咿唔[13]之声,与轧轧相间[14]。儿怠,则少加夏楚[15],旋复持儿而泣曰:"儿及此不学,我何以见汝父!"至夜分寒甚,母坐于床,拥被覆双足,解衣以胸温儿背,共铨朗诵之。读倦,睡母怀。俄而母摇铨曰:"可以醒矣!"铨张目视母面,泪方纵横落;铨亦泣。少间,复令读。鸡鸣卧焉。诸姨尝谓母曰:"妹一儿也,何苦乃尔?"对曰:"子众可矣!儿一,不肖,妹何托焉?"

庚戌,外祖母病且笃,母侍之,凡汤药饮食,必亲尝之而后进。历四十昼夜,无倦容。外祖母濒危,泣曰:"女本弱,今劳瘁过诸兄,惫矣。他日婿归,为我言:'我死无恨[16],恨不见女子成立[17]。其善诱之!'"语讫而卒。母哀毁骨立[18],水浆不入口者七日。闾党姻亚[19]一时咸以孝女称,至今弗衰也。

铨九龄,母授以《礼记》《周易》《毛诗》,皆成诵。暇更录唐、宋人诗,教之为吟哦声。母与铨皆弱而多病。铨每病,母即抱铨行一室中,未尝寝;少痊,辄指壁间诗歌,教儿低吟之以为戏。母有病,铨则坐枕侧不去。母视铨,辄无言而悲。铨亦凄楚依恋之。尝问曰:"母有忧乎?"曰:"然。""然则何以解忧?"曰:"儿能背诵所读书,斯解也。"铨诵声琅琅然,争药鼎沸。母微笑曰:"病少差[20]矣。"由是母有病，铨即持书诵于侧，而病辄能愈。

十岁，父归。越一载，复携母及铨，偕游燕、赵、秦、魏、齐、梁、吴、楚间。先府君苟有过，母必正色婉言规。或怒不听，则必屏息，俟怒少解，复力争之，听而后止。先府君每决大狱，母辄携儿立席前曰："幸以此儿为念！"府君数颔之。先府君在客邸，督铨学甚急，稍怠，即怒而弃之，数日不及一言。吾母垂涕扑之，令跪读至熟乃已，未尝倦也。铨故不能荒于嬉，而母教由是益以严。

又十载归，卜居[21]于鄱阳，铨年且二十。明年娶妇张氏。母女视之[22]，训以纺绩织纴事，一如教儿时。

铨年二十有二，未尝去母前[23]，以应童子试[24]，归铅山，母略无离别可怜之色。旋补弟子员[25]。明年丁卯，食廪饩[26]。秋，荐于乡[27]。归拜母，母色喜。依膝下廿日，遂北行。母念儿辄有诗，未一寄也。明年落第，九月归。十二月，先府君即世[28]，母哭，濒死者十余次。自为文祭之，凡百余言，朴婉沉痛，闻者无亲疏老幼，皆呜咽失声。时行年四十有三也。

己巳，有南昌老画师游鄱阳，八十余，白发垂耳，能图人状貌。铨延之为母写小像，因以位置景物[29]请于母，且问："母何以行乐？当图之以为娱。"母愀然曰："呜呼！自为蒋氏妇，常以不及奉舅姑盘匜为恨[30]，而处忧患哀恸间数十年，凡哭母，哭父，哭儿，哭女夭折，今且哭夫矣。未亡人欠一死耳，何乐为！"铨跪曰："虽然，母志有乐得未致者，请寄斯图也，可乎？"母曰："苟吾儿及新妇能习于勤，不亦可乎！鸣机夜课㉛，老妇之愿足矣，乐何有焉？"铨于是退而语画士，乃图秋夜之景：虚堂四敞，一灯荧荧，高梧萧疏，影落檐际。堂中列一机，画吾母坐而织之，妇执纺车坐母侧；檐底横列一几，剪烛自照，凭画栏而读者，则铨也。阶下假山一，砌花盆兰，婀娜相倚，动摇于微风凉月中。其童子蹲树根、捕促织为戏，及垂短发、持羽扇、煮茶石上者，则奴子阿同、小婢阿昭也。图成，母视之而欢。

铨谨按吾母生平勤劳，为之略㉜，以请求诸大人先生之立言而与人为善者㉝。

【注释】

①先府君：指作者已去世的父亲。

②治酒浆：置办酒食。

③罍（léi）：酒樽。

④戚党：亲戚和乡邻。古代以五家为邻，五邻为里，五里为族，五族为党。

⑤四子书：即《四书》(《论语》《孟子》《大学》《中庸》的合称)。

⑥诘（jié）屈作波磔（zhé）点画：弯曲作成一撇、一捺、一点、一画的形状。波磔，书法中的右下捺笔，泛指书法的笔画。

⑦不润：不富裕。

⑧凶：饥荒，歉收。

⑨工篡（zuǎn）绣组织——精于刺绣纺织等事情。篡，

赤色的丝带。这里与"绣"一起指刺绣。组织，纺织。

⑩女红(gōng)：即女工、女功，指妇女所做的纺织、刺绣、缝纫等事。这里指织绣出来的样品。

⑪檐风几烛：屋檐外的风吹着几上烛火。

⑫组紃(xún)绩纺：泛指编织、绩麻、纺纱等。

⑬咿唔(yī wū)：读书的声调。

⑭相间(jiàn)：互相应和的意思。

⑮夏(jiǎ)楚：古代学校两种体罚越礼犯规者的用具。夏，榎木。楚，荆木。这里是责打的意思。

⑯恨：遗憾。

⑰女子成立：你的儿子成家立业。女，同"汝"，你，你的。成立，成家立业。

⑱母哀毁骨立：父母死后，由于过分悲伤，身体消瘦得像皮包骨。

⑲闾(lú)党姻亚：邻里和亲戚。闾，古代居民的组织单位，二十五家为一闾。姻亚，指有婚姻关系的亲戚。亚，同"娅"，姊妹的丈夫相互间的称呼。

⑳差(chài)：同"瘥"，病愈。

㉑卜(bǔ)居：以占卜选择建都之处。此为"择居"的意思。

㉒女视之：把她当作女儿看待。女，名词作状语。

㉓未尝去母前：不曾离开母亲。

㉔童子试：亦称童试，即科举时代参加科考的资格考试，包括县试、府试和院试三个阶段的考试。院试合格后称秀才，

方可进入官学和正式参加科举考试。《促织》中言"邑有成名者，操童子业"，"操童子业"即未取得秀才资格，没有功名，还算不得读书人。

㉕补弟子员：考中了秀才。弟子员，明清对县学生员（即秀才）的称谓。

㉖食廪饩（lǐn xì）：秀才参加科考，成绩优良的补为"廪善生"，可以得到膳费津贴。廪饩，公家发给的膳食津贴。

㉗荐于乡：考中举人。荐，推荐，荐举。举人本指被荐举之人。至明、清时，则称乡试中试的人为举人。

㉘即世：去世。即，舍，离。

㉙位置景物：安排画中的背景物。位置，这里用作动词。

㉚不及奉舅姑盘匜（yí）：赶不上侍候公婆（指嫁过去时公婆已死了）。舅姑，丈夫的父母，公公婆婆。盘匜，洗涤的器具，用来泛指日常生活用具。

㉛课：督促（完成指定的工作）。

㉜为之略：写出个大概。

㉝以请求诸大人先生之立言而与人为善者：为的是请求著书立说、鼓励人们善行的大人先生，据此写出完善的文章来。此句为定语后置句。

【译文】

我的母亲姓钟，名叫令嘉，字守箴，出身于南昌府名门望族，排行第九。她在小时候和几个哥哥一起跟着我外祖父滋生公读书，十八岁嫁给我父亲。那时我父亲四十多岁，性情侠义豪爽，爱结交朋友，喜把财物施舍给别人，散给人家许许多多金钱，使得家里箱柜里东西都一空如洗。家中常常宾客满座，我母亲拿下金玉首饰，换了钱办酒席，席上酒菜丰盛，毫不减色。过了两年，生下我，家境更加衰落，她经历了穷困的生活，别人都不能忍受的，我母亲却心情坦然没有忧愁的样子。亲戚和同族人，个个赞她贤惠。由于这样，我父亲能再到北方去做官，把我母亲和我寄放外祖父家靠他们生活。

  我四岁的时候，母亲每天教我几句"四书"中的话。苦于我太小，不会拿笔，就把竹枝削成细丝，把它折断，弯成一撇一捺一点一画，拼成一个字，把我抱上膝盖教我认字。认识一个字，就把它拆掉。每天教我十个字，第二天，母亲叫我拿了竹丝拼成前一天认识的字，直到没有错误才停止。到六岁时，母亲才叫我拿笔学写字。

  我外祖父家素来不富裕，遇到荒年，收成不好，生活越发窘迫贫乏。那时候我和年幼的仆役的衣服鞋帽，都出自母亲之手。母亲精于纺织刺绣，她所做的绣件和织成品，叫年幼的仆役带到市场上去卖，人们总是抢着要买。所以我和年幼仆役没有穿过破烂的衣服。

  外祖父身材高大，胡子雪白，喜欢喝酒。酒喝到酣畅时，就大声念他作的诗，叫我母亲指出诗句的缺点。母亲每指出一个字不妥当，外祖父就斟满一杯酒一饮而尽；指出几个字以后，他就高兴地捋着胡须大笑，举起酒杯大声说："想不到我老汉竟有这样的女儿！"接着抚摸我的头顶，说："好孩子！

你将来用什么来报答你娘啊?"我年纪小不会回答,就投到母亲怀里,眼泪簌簌地流下来,母亲抱了我也伤心起来,屋檐下的风,吹着几上的蜡烛,也仿佛非常伤感地回应着人的哀伤。

回忆母亲教我的时候,刺绣和纺织的工具全放在一旁,她膝上放着书,叫我坐在膝下小凳子上读书。母亲一边手里操作,一边口头教我识字断句。咿咿唔唔的读书声,与轧轧的织布声,交织在一起。我懈怠时,母亲就拿戒尺打我几下,随即又抱着我哭泣,说:"儿啊,你这时候不肯好好学习,叫我怎么见你父亲!"到了半夜,天气很冷,母亲坐在床上,拉起被子盖住我的双脚,解开自己衣服用胸口的体温暖我的后背,和我一起吟诵读书;我读得疲倦了,就在母亲怀里睡着了。一会儿,母亲摇摇我说:"可以醒了!"我张开双眼,看见母亲泪流满面,我也哭起来。不一会儿,再叫我读。直到鸡叫母亲才和我一同睡觉。我的姨妈们曾经对我母亲说:"妹妹啊,你就这一个儿子,何苦要这样!"她回答说:"儿子多倒好办了,只有一个儿子,如果没出息,我靠谁呢!"

庚戌年,外祖母病势严重。母亲侍候外祖母,所有病人吃的汤药饮食,母亲一定先尝过再给她吃。经历四十昼夜,没有倦怠的样子。外祖母临死前,流着眼泪说:"女儿身体本来虚弱,现在比哪个哥哥都操心劳累,真的是累坏了。哪天我女婿回来,你替我说:'我死没有别的遗憾,只遗憾看不见你的儿子成家立业'。希望你们好好教导他!"说完就死了。母亲因过于哀伤而憔悴消瘦,七天不吃不喝。邻里和亲戚,一时间都夸她是孝女,到现在这名声还在盛传。

我九岁时,母亲教我学《礼记》《周易》《毛诗》,我都能够背诵。她有空又抄下唐宋诗人的诗,教我吟诵。母亲和我两人都体弱多病。每当我生病,母亲就抱了我在室内来回走动,自己不睡觉;我病稍稍好一点儿,她就指着贴在墙上的诗歌,教我低声念诵作为游戏。母亲生病,我总是坐在她枕边不离开。母亲看着我,常常一句话不说,很悲伤的样子,我也很伤心地依恋着她。我曾经问她:"母亲您心里有忧愁吗?"她说:"是的。""那么怎么能消除您的忧愁呢?"她说:"你能把读的书背给我听,我的愁就没有了。"于是我就背书,琅琅的书声,和煎药的沸腾声和在一起。母亲微笑着说:"你看,我的病好些了!"从此,母亲生病的时候,我就拿了书在她床边读书,她的病就会好。

我十岁时,父亲回家来了,过了一年,又带着母亲和我,一起游历河北、陕西、山西、河南、山东、江苏、湖南、湖北等地。父亲如果做错了事情,母亲一定或直言或委婉地规劝他;有时父亲发怒,不听她的,她就一定会屏住气不说了,等父亲消了气,又反复劝说,到父亲听了她的话才停止。父亲每次审理有关人命的重案,母亲总是拉着我站在他桌子前面说:"希望你为儿子考虑一下!"父亲就频频点头。父亲在外地的寓所,督促我读书时脾气急躁,我稍有一点儿懈怠,他就发怒不管我,几天不理睬我,母亲就流着眼泪打我,叫我跪在地上,把书读熟才放过我,从来不觉自己疲累。所以,我从不因为贪玩而荒废了学业,母亲对我的教育,也因此而更加严格。

过了十年,我们在鄱阳县定居下来,我那时将近二十岁。第二年娶妻子张氏。母亲把媳妇当亲生女儿一样看待,教她纺纱织布,刺绣缝纫,像我小时候教我读书一样。

我出生二十二年,从来没有离开过母亲。有一次,因为要应童子试,回到原籍铅山,向母亲告别,她一点儿也没有舍不得我离开的神情。后来我考中了秀才。第二年是丁卯年,领到了廪膳生的生活补贴费;秋天,中了举人。回来拜见母亲,母亲脸上现出了高兴的表情。在父母身边住了二十天,就到北方去。母亲每次想念我,总写诗,但是一首也不寄给我。第二年我考试落第,九月份回家。十二月份,父亲去世。母亲哭得死去活来十几次,自己写了祭文祭父亲,共有一百多字,真诚哀婉而沉痛,听到的人不论是亲疏老幼,个个呜咽哽塞泣不成声。这一年,母亲四十三岁。

己巳年,有位南昌的老画师来鄱阳游览,八十多岁,满头的白发长过两耳,能够画人的相貌。我请他来给我母亲画幅小像,于是我请示母亲画像左右怎么安排景物,又问她:"母亲用什么来娱乐,把这些画上去让您高兴。"母亲伤感地说:"唉!自从我到蒋家来做媳妇,常常以没赶上侍候公婆为遗憾;到今天,在忧患痛苦里过了几十年:为父哭,为母哭,为儿子哭,为女儿短寿而哭,现在又为丈夫哭了!我欠缺的只是一死,有什么高兴的啊!"我跪下说:"尽管如此,母亲有没有心里喜欢却还没有得到的,请您寄托在这画图里,行不?"母亲说:"只要我儿子和新媳妇能够勤勤恳恳,不就可以了吗？夜里在布机声里教你念书，我老太婆的心愿就满足了，其他还有什么乐趣啊！"于是，我从母亲处退出来，把她的意愿告诉了画师。画师就画了幅秋夜的景色：堂屋里四面空敞，中间挂盏发出微光的灯；屋外一株高大萧疏的梧桐，斑驳的树影洒落在屋檐上；堂屋中间摆放着一座布机，画着我母亲坐在机上织布，我妻子坐在母亲旁边摇纺车；屋檐下横摆一只书桌，剪去燃尽的烛芯映着烛光靠着窗栏上读书的，就是我了。台阶下一座假山，台阶上的花和盆中的兰，婀娜多姿，相依相偎，在微风和清凉的月光下摇曳。那个蹲在梧桐树下捉蟋蟀玩的小孩子和垂着短发、手拿羽毛扇在石上煮茶的女娃，就是书童阿同和丫鬟阿昭。图画好后，母亲看了，非常喜欢。

  我谨根据母亲勤劳的一生，写了这篇事略，为的是请求著书立说、鼓励人们善行的大人先生，在此基础上写出更详尽的文章来。

>>>【经典细读】

自古贤才出母教

古人说，孝廉出于寒门，圣贤在于母教。母教在孩子的童蒙养正中起着不可替代的作用。我国古代出现了不少模范母亲，她们教子成才的故事流传至今，成为千古佳话，如，孟母三迁、陶母延宾、欧母画荻、岳母刺字，等等。可以说，大多数的仁人贤士背后，都站着一个贤良智慧的伟大母亲。

清代著名文学家蒋士铨的母亲就是其中一个。

初读《鸣机夜课图记》，感觉蒋母简直是清代版的"虎妈"，甚至比当代"虎妈"有过之而无不及。儿童天性的发展呢？童真童趣的天然呢？承欢膝下的欢乐呢？我们看不到一丁点儿童年的快乐，只有母子俩相依苦读的情景，甚至以儿子的诵读声作为解忧和医病的良药。这种望子成龙的愿望是多么强烈！这种极端功利的家庭教育，让人很不舒服。

后来查阅了很多资料，对蒋士铨和他的母亲钟令嘉有了进一步的了解后，再反复阅读这篇文章，我才渐渐意识到了这位母亲深沉的爱，认识到了在蒋士铨人生道路上这位母亲起到了多么大的作用。

先来了解一下蒋士铨的成就。

蒋士铨是清代著名诗人、戏曲家。乾隆称赞他是"江右名士"。他的诗与袁枚、赵翼齐名，并称"江右三大家"。其戏曲成就尤其突出，《藏园九种曲》等剧作在当时广为传唱，妇孺皆知，是继关汉卿、汤显祖之后，中国又一位伟大的戏曲家。清文学家王昶评其诗为"当代之首"，清戏曲理论家李调元评其曲为"近时第一"，高丽专派使臣以重金求其乐府诗，近代梁启超说他是"中国诗曲界之最豪者"，日本汉学家青木正儿说他是"中国戏曲史上的殿军"。当代学者钱仲联说："蒋士铨以诗曲成就双双得到同时著名评论家的充分认识和最高评价，这在整个清文学史上为绝无仅有的一家。"

这样的成就与成长过程中的母教有很大关系。

首先，蒋母自身就有较高的文学素养。她出身书香门第，从小就受到良好的教育，写有一部《柴车倦游记》诗集，跻身清代妇女诗坛。这在"女子无才便是德"的封建社会里，可谓凤毛麟角。虽然蒋士铨在《鸣机夜课图记》中没有收录母亲的诗，但我们可以在文中描写的母亲承欢娱亲、诗酒指疵的场景中感受到这位女子的文学天赋。外祖父随口吟诵一首自己写的诗，母亲就能指出其中的瑕疵，外祖父激动地大喊"不意阿丈乃有此女"，骄傲自豪之情溢于言表。蒋士铨二十多岁进京科考，一别数月，这位母亲竟然用诗来表达对儿子的思念和鼓励。蒋父去世，蒋母亲为祭文，"凡百余言，朴婉沉痛，闻者无亲疏老幼，皆呜咽失声"，其文辞的感染力可见一斑。

其次，母亲的勤劳自律的品质对蒋士铨起到了潜移默化的作用。

蒋母兄弟姐妹九人，她最小，最受父亲偏爱，但她没有恃宠娇纵，而是从小就养成了劳作的能力和勤俭的美德。在《鸣机夜课图记》中，蒋母留给我们的最深印象就是她日夜纺织刺绣，从不知疲倦，即便是在教士铨读书时，也是"手任操作"，一刻不停。在儿媳过门后，蒋母也是"训以纺绩织纴事，一如教儿时"，并没有因做了婆婆就有丝毫懈怠。蒋父去世后，士铨为了宽慰母亲，请画师为母亲画像，当问及"何以行乐"时，蒋母说："苟吾儿及新妇能习于勤，不亦可乎！鸣机夜课，老妇之愿足矣，乐何有焉？"只要儿子勤于读书，儿媳勤于女红，蒋母也就心满意足了。于是就有了《鸣机夜课图》，"母视之而欢"。蒋母一生"勤劳"，并将它作为家风传递下去，是她给予儿子的最宝贵的"遗产"。

再次，蒋母爱子有度，教子有方。她对蒋士铨的要求极为严格。从识字到学书，从读书到吟诗，每一阶段，既有量的规定，又有质的要求。比如，识字是"日训十字"，"无误乃已"；读书要"皆成诵"。在学习态度上更是严厉，不允许儿子有所懈怠，只要蒋士铨有一点儿分心，就会责打。在学习时间上更是到了严苛的地步，除了白天要勤于学习外，夜里更是读倦了睡一会儿，醒了再读，直到黎明时分。甚至在蒋士铨生病期间也不允许其放弃学习。这样夜以继日地学习，连蒋士铨的姨妈们看了都心疼，感觉蒋母不近人情。可是从蒋母的"持儿而泣""泪方纵横落"中，我们也能体会到蒋母内心的不忍和深爱。爱之深，才会责之切。如果一味严苛，而没有爱的前提，任何教育手段都是无效的。

最后，也是最重要的，蒋母的学养和格局，让蒋士铨从小就接受了经典的熏陶濡染。"铨九龄，母授以《礼记》《周易》《毛诗》，皆成诵。暇更录唐、宋人诗，教之为吟哦声。"蒋士铨对世界和人生的认识是从"四子书"(《论语》《孟子》《大学》《中庸》）开始的，后来又阅读了《礼记》《周易》《毛诗》等儒家经典，积累了大量唐宋人的诗词。身在闺阁的蒋母为儿子以后的治学为文、做人处世打下了坚实的基础。

蒋母对儿子的教育不仅仅局限于书本知识，她更懂得"读万卷书，行万里路"的道理。蒋士铨十岁时，为让儿子胸怀天下，举事创业，脱书生之迂气，立千秋之伟业，一个封建时代的弱女子与丈夫携蒋士铨"偕游燕、赵、秦、魏、齐、梁、吴、楚间"。蒋士铨目睹了崤涵、雁门的壮丽，历览了太行、王屋之胜景，还在山西泽州凤台王士秋木山庄阅读了大量藏书。十年游历，使得蒋士铨眼中有万里江山，胸中有千古春秋。

蒋母是封建时代的贤妻良母，更是一位智慧明达有眼光有格局的教育家，她教子成才的故事，是众多望子成龙、望女成凤的当代"虎妈"们的一面镜子。

闲情记趣（有删节）

（清）沈复

余忆童稚时，能张目对日，明察秋毫。见藐小微物，必细察其纹理，故时有物外之趣①。夏蚊成雷，私拟②作群鹤舞空，心之所向，则或千或百，果然鹤也。昂首观之，项为之强③。又留蚊于素帐中，徐喷以烟，使其冲烟飞鸣，作青云白鹤观，果如鹤唳云端，怡然称快。于土墙凹凸处，花台小草丛杂处，常蹲其身，使与台齐，定神细视，以丛草为林，以虫蚁为兽，以土砾凸者为丘，凹者为壑，神游其中，怡然自得。一日，见二虫斗草间，观之正浓，忽有庞然大物拔山倒树而来，盖一癞虾蟆也，舌一吐而二虫尽为所吞。余年幼方出神，不觉呀然惊恐，神定，捉虾蟆，鞭数十，驱之别院。年长思之，二虫之斗，盖图奸不从也，古语云"奸近杀"，虫亦然耶？……此皆幼时闲情也。

及长，爱花成癖，喜剪盆树。花以兰为最，取其幽香韵致也，而瓣品之稍堪入谱者不可多得。兰坡临终时，赠余荷瓣素心春兰一盆，皆肩平心阔，茎细瓣净，可以入谱者，余珍如拱璧。值余幕游于外，芸能亲为灌溉，花叶颇茂。不二年，一旦④忽萎死。起根视之，皆白如玉，且兰芽勃然。初不可解，以为无福消受，浩叹而已。事后始悉有人欲分不允，故用滚汤灌杀也。从此誓不植兰。

惟每年篱东⑤菊绽，积兴成癖，喜摘插瓶，不爱盆玩。其插花朵，数宜单，不宜双，每瓶取一种不取二色，瓶口取阔大不取窄小，阔大者舒展不拘。花取参差，间⑥以花蕊，以免飞钹耍盘⑦之病；叶取不乱，梗取不强，用针宜藏，针长宁断之，毋令针针露梗，所谓"瓶口宜清"也。视桌之大小，一桌三瓶至七瓶而止，多则眉目不分，即同市井之菊屏⑧矣。几之高低，自三四寸至二尺五六寸而止，必须参差高下互相照应，以气势联络⑨为上，若中高两低，后高前低，成排对列，又犯俗所谓"锦灰堆"矣。或密或疏，或进或出，全在会心者得画意乃可。

若夫园亭楼阁，套室回廊，叠石成山，栽花取势，又在大中见小，小中见大，虚中有实，实中有虚，或藏或露，或浅或深。大中见小者，散漫处植易长之竹、编易茂之梅以屏之。小中见大者，窄院之墙宜凹凸其形，饰以绿色，引以藤蔓；嵌大石，凿字作碑记形；推窗如临石壁，便觉峻峭无穷。虚中有实者，或山穷水尽处，一折而豁然开朗；或轩阁设厨处，一开而通别院。实中有虚者，开门于不通之院，映以竹石，如有实无也；设矮栏于墙头，如上有月台而实虚也。

静室焚香，闲中雅趣。芸尝以沉速等香，于饭镬蒸透，在炉上设一铜丝架，离火中寸许，徐徐烘之，其香幽韵而无烟。

余与芸寄居锡山华氏，时华夫人以两女从芸识字。乡居院旷,夏日逼人,芸教其家作活花屏法,甚妙。每屏一扇,用木梢二枝,约长四五寸,作矮条凳式,虚其中,横四挡,宽一尺许,四角凿圆眼,插竹编方眼,屏约高六七尺,用砂盆种扁豆置屏中,盘延屏上,两人可移动。多编数屏,随意遮拦,恍如绿荫满窗,透风蔽日,迂回曲折,随时可更,故曰"活花屏",有此一法,即一切藤本香草随地可用。此真乡居之良法也。

友人鲁半舫名璋,字春山,善写松柏及梅菊,工隶书,兼工铁笔。余寄居其家之萧爽楼一年有半。移居时,有一仆一妪,并挈其小女来。仆能成衣,妪能纺绩,于是芸绣,妪绩,仆则成衣,以供薪水。余素爱客,小酌必行令。芸善不费之烹庖⑩,瓜蔬鱼虾,一经芸手,便有意外味。同人知余贫,每出杖头钱⑪,作竟日叙。诸君子如梁上之燕,自去自来。芸则拔钗沽酒,不动声色,良辰美景,不放轻过。今则天各一方,风流云散,兼之玉碎香埋,不堪回首矣!

【注释】

①物外之趣:超越实物而想象的乐趣。

②私拟:内心想象。

③项为之强(jiāng):脖颈为此而变得僵硬了。强,通"僵",僵硬。与下文"梗取不强"的"强"义同。

④一旦:一天早晨。

⑤篱东:源于陶渊明"采菊东篱下",后借指菊花或种菊之处。

⑥间：间隔。

⑦飞钹耍盘：指杂耍，原句意为菊花插瓶不要像玩杂耍那样没品位。

⑧菊屏：摆放菊花的货架。

⑨气势联络：指菊花在气势上联系呼应，形成整体。

⑩不费之烹庖：不用花费太多的饭菜。

⑪杖头钱：《晋书·阮脩传》："常步行，以百钱挂杖头，至酒店，便独酣畅。"后因以"杖头钱"称买酒钱。

【译文】

回想我童年的时候，能够对着太阳张开眼睛，明察秋毫，见到极小的东西，必定细细去观察它的纹路，所以常常得到事物之外的趣味。夏日的蚊子声音像雷鸣，我心里把它比作成群的仙鹤在天空飞翔。心里这么想，成千成百的蚊子果然变成仙鹤了。我抬起头看，脖子都硬了。我又让蚊子留在帐子里面，慢慢地吸口烟喷出来，叫蚊子冲烟飞鸣，当作青云中的白鹤观看，果然就像鹤唳云端一样，令人怡然称快。我又常在土墙凹凸的地方，或是花台小草丛杂的地方，蹲下身子，与花台一般高，定神仔细观察，以丛草作为树林，以小虫和蚂蚁作为野兽，以泥土凸的作为山丘，凹的作为山谷，神游其中，怡然自得。有一天，见到有两个小虫在草里斗，看得正高兴的时候，忽然有个庞然大物拔山倒树而来，原来是一只癞蛤蟆，舌头一吐，两个小虫就被它吞了进去。我年纪小，正看得出神，不觉吓得叫了起来。定了定神，捉住这只癞蛤蟆，鞭打了数十下，驱逐去别的院子。年纪大了回想这件事，两个小虫之所以相斗，大概是图奸不从。古话说"奸近杀"，虫大概也如此吧。……这都是童年时候的闲情。

等到长大了，我养成了爱花之癖，花中数兰花最特别，因为它的幽香韵致，但带花瓣的花之中稍微可以记入书的没有了。兰坡临死的时候，赠给我荷瓣素心兰（兰花的一个品种）一盆，都是肩平心阔，根茎花瓣洁净，可以记入书的。我像珍惜拱璧一样珍惜它，在我外出的时候，芸能够亲自为它浇水，花叶比较茂盛，不到两年，一天突然枯萎死去，拔起根查看，白得像玉，且兰芽生机勃勃，开始不能理解，以为是自己无福享受，深深叹息。后来才知道有人想要我分给他，未答应，于是用开水浇死了。从此以后，发誓不再种兰花。（花中）差一点儿的是杜鹃，虽然没有香气，但花色美丽，可以欣赏很久，而且容易剪栽，因为芸怜惜枝叶，不忍心大剪，所以难以成树，其他的盆景都是这样。

唯有每年秋天菊花开放时，我的秋兴已成为一种癖好。对菊花我喜欢插瓶，不喜欢盆栽，不是盆菊不足观赏，而是因为我自己家里没有花圃，不能亲手种植，若到市场上去买，都是些杂芜而没有意态的，所以我不选用盆菊。插瓶中的菊花，花朵宜选单数，不宜选双数，每瓶选一种品种，不取二色。瓶口要阔大，不要窄小，阔大的看着舒展，没有拘束。花朵要安排得参差错落，中间用花架将它们固定起来，以免使人看上去就像杂技中的飞钹耍盘一样。叶子取其不乱，枝梗取其柔顺不僵硬，用铁丝扎把要不露痕迹，铁丝太长宁可截断它，不要让它从梗中露出，这就是所谓的"瓶口宜清"；瓶花供案要看桌子的大小，一桌摆上三瓶到七瓶为好，多了则眉目不分，和市场上的菊花货架一样了。几案的高低，可以从三四寸到二尺五六寸，必须高低参差，互相照应，以在气势上互相联系为好，如果中间高两边低，后面高前面低，成排对列，又犯了俗称所谓"锦灰堆"的毛病。或密或疏，或进或出，全在于懂得意趣的人把它们安排得富有诗情画意才行。

如果布置园亭楼阁、套室回廊，或者叠石成山、栽花取势，又宜于从大中见小、小中见大，使之虚中有实、实中有虚；或藏或露，或深或浅。大中见小的方法是：空荡之处种上容易生长的竹子，编成容易茂盛的梅篱来遮挡。小中见大的方法是：窄院中的墙壁，适宜做得凸凹不平，用绿色装饰，牵上藤蔓，嵌上大石，石上凿字使它好像是碑记一样，推窗而望，如临石壁，便会使人觉得峻峭开阔。虚中有实的办法是：或在仿佛山穷水尽之处，使人一拐弯而豁然开朗，或在轩阁中设有厨房之处，一开门又通别院。实中有虚的方法是：在封闭的院子中开一个假门用竹石掩映，好像开门另有院落，其实没有；在墙头上设上矮栏杆，好像上面有个阳台，其实没有。

静室中焚香，是闲时的雅趣。芸曾经把沉香、速香用饭锅蒸透，在炉子上放一个铜丝架，离火半寸多高，用微火慢慢地烘烤，香气氤氲且没有烟。

我和芸在锡山华家借住的时候，华夫人要两个女孩跟着芸认字,农村的院子很宽阔,夏天太阳炎热逼人。芸教华家制作"活花屏"的方法,很巧妙。每个活花屏只一扇,用两支四五寸长的细树梢做成矮条凳的样子,让中间空着,安四个横档,宽一尺左右,四个角上都凿上眼,在眼里插上竹编的方格屏,大概六七尺高,再用紫砂花盆种上扁豆放在屏里面,让扁豆屏弯弯曲曲地攀在屏上,两个人就可以挪动。多编几个这样的屏,随意摆放在什么地方做遮蔽、隔栏之用,就像一扇扇有绿荫的窗户,既透风又遮阳,可以摆成各种形态,并且可以随时变换摆法,所以叫作"活花屏"。有了这个办法,就是所有的藤本植物或有蔓的香草,都可以用来制作。这真是住在乡村享受的好办法啊。

友人鲁半舫,名璋,字春山,善于画松柏梅菊,工隶书,兼长篆刻。我寄居在他家的萧爽楼一年半。移居的时候,有一仆人和一老年女佣,女佣还带了她的小女儿。仆人会做衣服,女佣能纺织。于是芸刺绣,女佣纺绩,男仆则做衣服,作为日常费用。我向来好客,小饮必行酒令。芸擅长做花费不多的菜肴,瓜蔬鱼虾,一经芸的手,便有意想不到的风味。朋友知道我穷,常常出点儿酒钱,来我这里从早聊到晚。朋友们像梁上的燕子,自由来去。芸就是卖掉自己的首饰也要筹措酒钱款待客人,且毫无怨意。我们对良辰美景,从不轻易错过。如今朋友天各一方,风流云散,加上爱妻已逝,玉碎香埋,往事不堪回首!

>>> 【经典细读】

浮生多因"闲情"美

《闲情记趣》是《浮生六记》的第二卷,作者沈复,字三白,清中叶苏州人。他生于小康之家,一生习幕经商,浪游南北,多数时间为人教馆,也曾以卖书画为生,终生没有功名。如果没有这部自传体笔记,他的名字也会像芸芸众生一样湮没在历史的尘埃中。

《浮生六记》以作者沈复和他的妻子芸的生活为主线,记叙了夫妻俩平凡而又充满情趣的居家生活及浪游各地的所见所闻,既有世态炎凉的辛酸,又有琴瑟相和的欢愉;既有布衣蔬食的艰辛,又有诗酒琴茶的风雅;既有被逐离家寄人篱下的窘迫无奈,又有游历山水饱览风光的自由快意。他们用自己对生活的深情与智慧把平凡的"浮生"装点得丰富多彩,诗意盎然。

在《闲情记趣》中,作者以纯美细致饱含深情的文笔,再现他们诗意生活的精彩镜头。

童年童趣拉开作者了诗意人生的序幕。"余忆童稚时,能张目对日,明察秋毫,见藐小微物,必细察其纹理,故时有物外之趣。"夏蚊成雷，常人忍无可忍，他却想象为群鹤舞空，甚至别出心裁"创作"出"鹤唳云端"的美妙图景，陶醉其中，忘乎所以。他"以丛草为林，以虫蚁为兽，以土砾凸者为丘，凹者为壑"，用想象创作出一幅自然山水图，"神游其中，怡然自得"。草间的二虫相戏让他看得入神忘我，竟以为是山林间的二兽相斗；小小的一个癞蛤蟆一时间成为"庞然大物"，"拔山倒树而来"吞食了二虫，他幻觉消失，回过神后，为报"一吓"之仇，"捉蛤蟆，鞭数十，驱之别院"。

　　这些童年记事似是游戏笔墨，实际上经过了作者的精心剪裁，突出了"闲"与"趣"。在成人看来，蚂蚁蚊虫癞蛤蟆，都是卑微丑陋惹人讨厌甚至憎恨的异类，既不能饱口福，又不能悦耳目，有什么好玩的？有这工夫还不如做几道数学题，背几个英语单词，记几句名言名句，总之要做一点儿"有用"的事才好。成人的心灵被欲望功利塞得满满的，关注的都是"物内之趣"，哪有"闲情"去发现"物外之趣"？再美的鲜花在牛羊的眼中都是食物，再珍稀的鸟兽在猎人眼中都是猎物，再名贵的树木在木匠眼中都是家具，而挺拔隽秀的竹林对朴实的农妇来说不过就是蚊帐竿子，鸟鸣花香的园林绿地在开发商看来还不如统统盖上高楼大厦……而孩子心中是没有功利的，在他们眼里，自然界的花草树木虫鱼鸟兽与人类都是平等的，他们不从"有用""无用"的角度去评判事物，这就是审美的态度，是艺术的眼光。每一个孩子都是本色的艺术家，因为他们有一颗未受世俗污染的童心。

　　丰子恺在《爱的教育》一文中说："绝缘的眼，可以看出事物的本身的美，可以发见奇妙的比拟。"这里的"绝缘"，就是与利害关系的"绝缘"，与世俗的"有用""无用"观念的"绝缘"，用这"绝缘的眼"，孩子们发现了让丰子恺先生"惊异感动"的"物外之趣"：女儿阿宝小时候看到凳子的四只脚光秃秃的，就把自己的鞋子穿到凳子脚上，宁愿自己赤着脚；儿子把一块洋钱凿个洞穿上红线当胸章；孩子们用花生米"创作"出四个老头子神气活现地吃酒的场景……

在成人看来，给凳子穿鞋是一件多么可笑的事情，而在阿宝眼里，凳子就是自己的小伙伴；在成人眼里，钱的魅力就在于它代表着衣食住行柴米油盐荣华富贵，是沉甸甸的实用价值，而在孩子眼里，它是与山水草木花卉虫鸟及绘画雕刻一样的艺术品；在成人眼里，花生米就是用来吃的，而在孩子眼里，它可以是可爱的老头……

所以，丰子恺告诫天下父母、老师说：要保留、培养儿童的一点儿痴呆，因为这痴呆就是童心，培养童心，就是涵养趣味。

童心，对成人来说就是一种"闲情"。孟子说："大人者，不失其赤子之心者也。"正是保留了这可贵的童心，沈复夫妇才会有一份"闲情"把平凡琐细的生活装点得诗意盎然，无论是在贫困潦倒时，还是在颠沛流离中。沈复"爱花成癖"，最喜"幽香韵致"的兰花，且精于盆景、瓶插之道——"花取参差"，"叶取不乱"，"枝疏叶清"，崇韵致，尚清雅，偏爱旁逸斜出之趣。他在山水园林的空间布局上讲究空灵自然和谐之美——"大中见小，小中见大，虚中有实，实中有虚，或藏或露，或浅或深"。而兰心蕙质的芸，也是出色的生活艺术家：家中布置，花草品赏，她常有新颖之见；静室焚香，独创技法，她为陋室添幽韵雅趣；别出心裁，她就地取材做出"活花屏"，为乡间庭院增诗情画意；家徒四壁，她能布置得俭省而雅洁；衣衫破烂，她能绣补得整齐洁净；朋友来访，家无余钱，她拔钗沽酒，吟诗联对，不负良辰美景。她还是一位美食家，"瓜蔬鱼虾，一经芸手，便有意外味"；她独创"荷花制茶法"，"香韵尤绝"；就连盛饭菜的器皿都被她精心设计成梅花状的艺术品。

沈复夫妇破除了"贫贱夫妻百事哀"的魔咒，把平淡清贫的日子过成了艺术人生。《菜根谭》中说："放得功名富贵之心下，便可脱凡。"只有对功名得失和人生困境实现了精神上的超越，才能以悠然闲适的心态静观万物，获得"物外之趣"，进入审美境界，享受人生真趣，正如美学家宗白华所说："这种精神上的真自由、真解放，才能把我们的胸襟像一朵花似的展开，接受宇宙和人生的全景。"（宗白华《论〈世说新语〉和晋人的美》）

岁月可以老去你的躯体，命运可以剥夺你的富贵，但只要保留一份童心，拥有一份"闲情"，你便有了发现美的眼睛、创造美的智慧、享受美的资格！

病梅馆记

(清) 龚自珍

江宁之龙蟠，苏州之邓尉，杭州之西溪，皆产梅。或曰："梅以曲为美，直则无姿；以欹①为美，正则无景；以疏为美，密则无态。"固②也。此文人画士，心知其意，未可明诏大号以绳③天下之梅也；又不可以使天下之民斫直④、删密、锄正，以夭梅病梅⑤为业以求钱也。梅之欹之疏之曲，又非蠢蠢⑥求钱之民能以其智力为也。有以文人画士孤癖之隐⑦明告鬻⑧梅者，斫其正，养其旁条，删其密，夭其稚枝，锄其直，遏其生气，以求重价，而江浙之梅皆病。文人画士之祸之烈至此哉！

予购三百盆，皆病者，无一完者。既泣⑨之三日，乃誓疗之：纵之顺⑩之，毁其盆，悉埋于地，解其棕缚；以五年为期，必复之全⑪之。予本非文人画士，甘受诟厉⑫，辟病梅之馆以贮之。

呜呼！安得使予多暇日，又多闲田，以广贮江宁、杭州、苏州之病梅，穷予生之光阴以疗梅也哉！

病梅馆记

【注释】

①欹(qī):倾斜。

②固:本来如此。

③绳:木匠用来取直的墨绳,这里名词用作动词,衡量,约束。

④斫(zhuó)直:砍去正直的枝条。

⑤夭梅病梅:摧折梅,把它弄成病态。夭,摧折。病,使……成为病态。

⑥蠢蠢:蠕动的样子,这里是"忙忙碌碌"的意思。

⑦孤癖之隐:奇特癖好的隐衷。

⑧鬻(yù):卖。

⑨泣:为……哭泣。

⑩顺:使……顺其自然。

⑪全:使……得以保全。

⑫诟厉:辱骂。厉,发怒。

【译文】

江宁的龙蟠,苏州的邓尉,杭州的西溪,都出产梅。有人说:"梅如果以姿态弯曲的为美丽,笔直的就没有风姿;以枝干倾斜的为美,端正了就没有景致;以枝叶稀疏的为美,茂密了就没有姿态。"道理本来如此。(对于)这点,文人画家在心里明白它的意思,却不便公开宣告,大声疾呼,用(这种标准)来约束天下的梅。又不能够来让天下种梅人砍掉笔

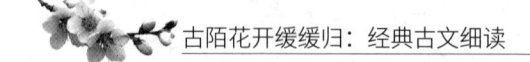

直的枝干，除去繁密的枝条，剪掉端正的枝条，以摧折梅、把梅弄成病态作为职业来谋求钱财。梅的枝干的倾斜、枝叶的稀疏、枝干的弯曲，又不是那些忙于赚钱的人能够凭借他们的智慧力量做得到的。有的人把文人画士这隐藏在心中的特别嗜好明白地告诉卖梅的人，（使他们）砍掉端正的（枝干），培养倾斜的侧枝，除去繁密的（枝干），摧折它的嫩枝，砍掉笔直的（枝干），阻碍它的生机，用这样的方法来谋求大价钱，于是江苏、浙江的梅都成病态了。文人画士造成的祸害严重到这个地步啊！

　　我买了三百盆梅，都是病梅，没有一盆完好的。我为它们哭了好几天后，于是发誓要治疗它们：我放开它们，使它们顺其自然生长，毁掉那些盆子，把梅全部种在地里，解开捆绑它们棕绳的束缚；以五年为期限，一定使它们恢复，使它们完好。我本来不是文人画士，心甘情愿受到辱骂，开设一个病梅馆来贮存它们。

　　唉！怎么能让我有多一些空闲的时间，又有多一些空闲的田地，来广泛贮存南京、杭州、苏州的病态的梅树，竭尽我毕生的时间来治疗病梅呢！

>>> 【经典细读】

民族振兴的一声呐喊

如果仅从园艺学的角度去看待梅树的遭遇,那它就和我们在公园里、植物园里看到的各种植物造型一样,是一种艺术的创造。可如果我们把梅树当作人来看,自然就会明白龚自珍创作这篇小品文的目的所在。他以梅喻人,托梅言政,借用象征手法抨击统治者束缚人们思想、扼杀摧残人才导致"万马齐喑"的黑暗政治,表达了要求改革政治、"不拘一格降人才"的社会理想。

如果从历史的角度去看这篇文章,我们会发现这篇诞生于 1839 年,即鸦片战争前夕不足 350 字的小文章,不啻为民族振兴的一声呐喊。

那时的中国还未沦落为帝国主义的殖民地,但已经受到了外来侵略者严重的经济剥削、政治压制和军事威胁。龚自珍本着一位爱国知识分子的良心和责任,敏锐地感受到了中华民族危机重重,一直主张革除弊政,抵制外侮。但是,自身屡遭贬谪的不幸遭遇,使他深深感受到了封建时代知识分子有才无法施展的悲剧命运;不断发生的文字狱,使他看到了国家"万马齐喑"、无才可用的悲哀局面。在文化高压政策下，一部分知识分子成为"夭梅病梅"：要么屈身失节，成为俯首帖耳、曲意逢迎的奴才；要么佯狂买醉，或隐居江湖，成为"不知有汉，无论魏晋"的世外"高人"。而那些"富贵不能淫，威武不能屈"而又有真才实学的真正人才则被统治者毫不留情地赶尽杀绝。"梅以曲为美，直则无姿；以欹为美，正则无景；以疏为美，密则无态"，这正是封建统治者畸形人才标准的形象写照。《病梅馆记》反映的不只是龚自珍一个人的遭遇，而且是封建时代，特别是清代千千万万的有才之士被压制、改造，甚至被扼杀的普遍现象。

没有人才，社会如何发展？没有人才，国家如何强盛？没有人才，民族如何振兴？龚自珍为之哭泣的，不仅是被摧残的千千万万的人才，还有他热爱的家国。于是他"誓疗之"，"以五年为期，必复之全之"，愿穷一生光阴以治疗病梅。这种坚决果断、不计代价的行动何其勇敢，又何其悲壮！

龚自珍解放人才、振兴民族的呐喊让人想到电视剧《觉醒年代》中陈独秀铿锵有力、振聋发聩的声音："国之所以不昌，在于民智未开。""改造中国，首先要改造中国人的思想，提高中国人的素质；要想光复中华昔日之辉煌，当务之急是造就一代新人。"

"九州生气恃风雷"，从自省觉悟到开启民智，从摇旗呐喊到身体力行，近代以来的爱国志士，赴汤蹈火，前赴后继，用智慧、勇气和鲜血开拓出了一条民族振兴之路。历史发展到今天,民族振兴的使命已落到我们的肩上,新的时代需要什么样的人才,怎样培养适合当今富民强国所需要的人才,如何不再出现"夭梅病梅",龚自珍一百多年前的那一声呐喊余音犹在,但愿我们能够警钟长鸣!

一树繁花色缤纷

"杂记"因为其"杂"而很难有一个明确的定义,于是古人把以"记"名篇或与"记"性质相近的文体统称为"杂记体"。清末学者薛凤昌在《文体论·杂记体》中说:"杂记一体,所包甚广。凡濬渠筑塘,以及祠宇亭台,登山涉水,游讌觞咏,佘石书画古器物之考订,宦情隐德,遗闻轶事之叙述,皆记也……虽综名为记,其体不一,是诚杂也。"由此可以看出杂记的两个主要特点:其一是"记",记人记事记景记物等;其二是"杂",内容丰富,"品种"多样。

作为一种文体,杂记的范围界定经过了一个由宽泛模糊到相对具体清晰的过程。

最早在《礼记》中有"杂记上""杂记下"两节,郑玄《礼记目录》称:"名曰'杂记'者,以其杂记诸侯以下至士之丧事。"清人孙希旦《礼记集解》说:"以其所记者杂,故曰《杂记》。"这里的"杂记"取其字面意思——"混杂记录",文体性质比较宽泛模糊。

后来有学者把正史以外的史料,包括记载异闻逸事的笔记,统称为"杂记",如清代学者章学诚《文史通义·修志十议》说:"凡事属琐屑,而不可或遗者……当于正传之后,用杂着体,零星记录,或名外编,或名杂记,另成一体。"

随着时代发展,文体越来越丰富,为了更有利于文章的分类编选,学者们总想界定清楚"杂记"的性质和规制,于是文体分类成为一门学问,分类越来越清晰合理,原来类属于杂记的一些文体开始独立出来,另立"门户",如姚鼐在《古文辞类纂·序》中将文体分为13类,把"碑志""传状"从"杂记"独立了出来。姚鼐认为碑文与杂记文虽都是偏重记人叙事,但写作意图不同。用于墓葬的碑文,主要目的是歌功颂德,而杂记文主要是客观地写人叙事,所写之人有善有恶,所叙之事不拘大小。传状类是传记和行状的合称,多是记述死者的事迹,由其家属、门生或故旧所作,是为向朝廷申请谥号或树碑立传而准备的参考资料,多溢美之词。相比之下,杂记没有功利目的,写人记事出自真性情,因而更具趣味性和审美价值。

姚鼐的分类因比较符合古代文体的实际而被大多数研究者认可,直到今天仍成为分类编选文章的重要参考依据。

尽管人们总想界定清楚"杂记"的范围,但始终无法定"尊"于一,包括姚鼐的这一分类标准也只是一个重要的参考。这倒不是什么坏事,反而可以让人们根据自己的认知和需要灵活地分类选编。

杂记体文至迟在魏晋时代就已经产生,如陶渊明《桃花源记》,有的把《世说新语》等"笔记小说"也归入杂记类。唐宋是杂记文的成熟期,有许多经典之作流传后世,如,柳宗元的《永州八记》,范仲淹的《岳阳楼记》,欧阳修的《醉

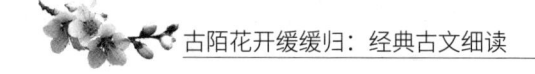

翁亭记》、苏轼的《放鹤亭记》等，有人把沈括的《梦溪笔谈》也归入此类。与以前相比，唐宋杂记往往于记叙中夹议论兼抒情，有时议论抒情说理的分量相当多，如，曾巩的《墨池记》、苏洵的《木假山记》。明清是杂记文的繁荣时期，高启的《书博鸡者事》、方苞的《狱中杂记》、龚自珍的《病梅馆记》都是经典之作，有人把《徐霞客游记》也看作是一部优秀的杂记著作。

大概来说，杂记可以包括台阁名胜记、人事杂记、书画杂物记和山水游记等。

台阁名胜记是为修建亭台楼阁或是游览名胜古迹而写的，作者可借题发挥，抒发个人思想感情、志趣抱负等，如《黄冈竹楼记》《墨池记》等。

人事杂记写人记事，如记奇人逸事的《柳敬亭说书》《书博鸡者事》，刻画卖国贼丑恶嘴脸的《记孙觌事》，写家常琐事的《项脊轩志》等。

书画杂物记专门记述、赏析书画作品等，如写微雕工艺品的《核舟记》，介绍名画的《观巴黎油画记》和《画记》。需要说明的是，本辑所选的《〈鸣机夜课图〉记》，是蒋士铨为以其母亲做主体的一幅"行乐图"所写的题记，题为"图记"，其意并不在介绍画的内容，而是记述母亲一生的行事，以表现其贤良美德，这是与其他画记不同之处，此类文章也有归入"序文"类的，如王拯的《〈媭砧课诵图〉序》。

山水游记主要是写登山临水的见闻观感，以描写自然景物为主，如，柳宗元的《小石潭记》、张岱的《湖心亭看雪》

等，本书已将游记单列一辑，故本辑不再选录。

此外，杂记文中还有一种较为特殊的文体——笔记文，因其以杂谈琐语记录遗闻轶事，"事属琐屑"，有别于正史，故被看作是随笔而录的杂记文。如刘义庆的《世说新语》，沈括的《梦溪笔谈》，纪昀的《阅微草堂笔记》，沈复的《浮生六记》等。

还需要特别说明的是，本辑所选戴名世的《醉乡记》和龚自珍的《病梅馆记》两篇文章，不同于记录楼阁名胜的《黄冈竹楼记》《墨池记》等，其重点已不在于"记"，而是借虚构的"醉乡"和"病梅馆"隐喻现实，曲折地揭示社会弊病，表达自己的政治理想，短小精悍，文笔犀利，类似于小品文。

总之，杂记因"杂"而丰富多彩，内容涉及文化艺术、科学技术、风土人情、遗闻轶事，可谓包罗万象；因"记"而引人入胜，文笔生动传神，风格清简自然，结构自由灵活，不仅与实用性文体相比具有更高的审美价值，相比于其他文学类作品也毫不逊色。总之，杂记就像一棵开满了多种花卉的大树，花色缤纷，摇曳多姿，是中国文学百花园中一道亮丽的"风景"。